KB265532

싸움닭

샤오

이 도서의 국립중앙도서관 출판시도서목록(CIP)는
e-CIP 홈페이지(http://www.nl.go.kr/ecip)와 국가자료공동목록시스템
(http://www.nl.go.kr/kolisnet)에서 이용하실 수 있습니다.
(CIP 제어번호 : CIP2012002762)

조재도 3부작 청소년 소설

싸움닭 샤모

글 조재도 | 그림 김호민

작은숲

 조재도 3부작 청소년 소설

1 싸움닭 샤모
2 불량 아이들
3 생명에 이르는 병

차례

돼지 잡던 날

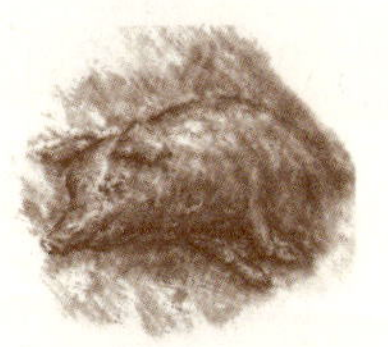

    한 아이가 우리들의 놀이터를 향해 헐레벌떡 뛰어왔다.
내 친구 병근이었다. 병근이 말에 의하면 동네 아저씨들이
돼지를 잡으려고 지금 막 회관 앞마당에 묶어 놓았다는 것
이다. 순간 우리는 하던 놀이를 멈추고 서로의 얼굴을 바라
보았다.

"가자!"

    누가 먼저랄 것도 없이 우리는 비탈진 언덕을 우르르 달
려 내려갔다. 야호- 후! 들고 있는 나무 막대를 휘저으며,
괴상한 소리를 마구 질러 대며.

    회관 앞에는 과연 돼지 한 마리가 다리가 묶인 채 놓여 있

었다. 호박잎처럼 넓은 귀, 삐죽 튀어나온 코, 검은 털이 거슬거슬한 암퇘지였다.

돼지만 있을 뿐 사람은 한 사람도 보이지 않았다. 앞집에서 웅성대는 소리가 나는 것으로 보아, 그곳에서 어른들은 물을 끓이며 돼지 잡을 준비를 하고 있는 것 같았다.

돼지는 묶인 상태에서도 꿀꿀거렸다. 눈은 붉게 충혈되었고 몸을 버둥대며 쉭쉭 거친 숨을 몰아쉬었다. 허연 거품이 일고 있는 입가엔 얼마 전까지만 해도 구정물을 뒤지다 왔는지 음식 찌꺼기가 붙어 있었다.

옆에 있던 병근이가 나무 막대로 돼지 옆구리를 쿡 찔렀다. 그러자 돼지가 꽥! 비명을 질러 대며 몸을 뒤틀었다. 그 바람에 옆구리의 뱃살이 마구 출렁거렸다.

잠시 후 어른들이 나왔다. 그들은 벌써 술을 한 잔씩 했는지 얼굴이 대춧빛으로 붉었다. 어른들 손에는 쇠망치와 칼 그리고 양동이가 들려 있었다. 돼지를 둘러싸고 장난치는 우리들을 보고 그들 가운데 한 사람이 저리 가라고 소리쳤다. 우리는 흠칫 놀라 물러섰지만, 그러나 이내 처음보다 더 바짝 돼지에게 다가들었다.

"너 임마, 누가 여기 있으랬어. 빨리 집에 안 가."

병근이 아버지였다. 병근이 아버지의 손에 창칼이 쥐어
져 있었다. 돼지의 멱을 따기 위해서는 긴 칼보다 손안에 들
어오는 짧은 창칼이 안성맞춤이었다.

"이늠의 새끼, 빨리 안 가?"

주춤대던 병근이가 가지 않자 병근이 아버지의 얼굴이
험하게 일그러졌다. 병근이의 입술이 불만으로 뚜 불거져
나왔다.

"니들 돼지 담배 피우는 거 봤냐?"

담배를 질경질경 씹으며 경락이 삼촌이 말했다. 그는 피
우던 담배를 돼지 콧구멍에 꽂았다. 콧구멍에 꽂힌 담배는
돼지가 숨을 쉴 때마다 빨간 불빛을 내며 맹렬히 타들어 갔
다. 그러다 숨을 내쉬면 푸른 연기가 콧구멍으로 푸우 푸 빠
져 나왔다. 우리는 그 모습이 재미있어 배꼽을 쥐고 웃었다.

"에이, 이 사람. 애들 앞이서 그런 장난 허덜 말어."

돼지 코에서 담배를 빼내며 병근이 아버지가 말했다.

병근이 아버지는 마을에서 돼지를 잡을 때마다 단 한 번
도 빠진 적이 없었다. 아니 오히려 그가 없으면 돼지를 못 잡
을 정도로 그는 돼지를 잡는 데 빼놓을 수 없는 사람이었다.
그런 그가, 돼지가 우리에게 얼마나 고마운 짐승인지 알기

나 하냐며, 경락이 삼촌을 나무랐다.

"하여튼 빨리 잡으야 혀. 그래야 고통을 들 받고 죽는겨."

병근이 아버지가 칼과 양동이를 들고 밭으로 내려섰다.

회관 마당보다 조금 낮게 턱이 진 곳이었다. 돼지의 목을 따

신지피를 받으려면 돼지보다 낮은 곳에서 양동이를 대야 했

다. 어른들이 달려들어 돼지를 밭쪽으로 옮겼다. 돼지는 최후의 발악이라도 하는 듯 온몸을 버둥대며 꽤액 꽥 소리를 질렀다. 그 바람에 귓청이 떨어져 나가는 것 같았다.

"자, 얼른 시작혀. 물 다 끓었지?"

병근이 아버지 말에 경락이 삼촌이 손에 쇠망치를 잡았다. 그는 손바닥에 침을 퉤퉤 뱉고 망치 자루를 고쳐 잡았다. 다음 순간 나는 무슨 일이 일어날지 잘 알고 있었다. 나는 눈을 감고 양손으로 귀를 틀어막았다. 돼지를 잡을 때마다 나는 늘 눈도 감지 않고 귀도 막지 말아야겠다고 다짐했지만, 그러나 막상 그 순간이 되면 헛일이었다. 나는 무서워 눈을 감고 귀를 막지 않을 수 없었다.

지금쯤 일이 끝났겠지 하는 생각에 막고 있던 귀 한쪽을 슬그머니 열어 보았다. 아무 소리도 들리지 않았다. 그제야 나는 두 귀를 완전히 열고 눈을 떴다. 어른들 틈새로 검붉은 피를 쏟아 내고 있는 돼지의 모습이 보였다. 돼지는 이미 숨통이 끊겼는지 크르르 크르르 생명이 빠져나가는 소리를 내며 검붉은 핏덩이를 끝도 없이 쏟아 냈다.

"하여튼 저 사람 솜씨는 알아줘야 혀."

돼지 잡을 때 보통 사람은 한 번에 숨통을 끊지 못해 애를

먹는데, 병근이 아버지는 단번에 숨통을 찾아 끊어 놓는다
는 뜻에서 누군가가 하는 말이었다. 병근이 아버지가 피 묻
은 손을 눈으로 썩썩 씻은 다음 회관 마당으로 올라섰다. 그
러면서 그는 옆에 있는 사람들에게 빨리 물을 퍼다 돼지를
튀기라고 재촉했다.

끓는 물이 돼지에 부어지자 사람들이 칼로 털을 북북 벗
겨 냈다. 옆구리와 다리, 배, 가슴팍 등 거슬거슬한 털이 벗
겨지자 허연 비계가 드러났다. 끓는 물에서 올라오는 수증
기와 핏물에서 나는 역한 비린내가 맑고 찬 공기 속으로 스
며들었다.

몸통의 털이 벗겨지고 서걱서걱 대가리가 떼일 때까지 병
근이 아버지는 한 발 뒤로 물러선 채 담배만 피워대고 있었
다. 도살 작업을 총감독이나 하듯 두 팔을 허리 뒤로 맞잡은
채. 그러다 말고 그는 자기가 해야 할 일이 한 가지 더 있기
라도 한 것처럼, 한쪽 눈을 지그시 찡그리며 빨아대던 담배
꽁초를 눈 더미 위에 휙 던지고 앞으로 나섰다. 이제 막 배
를 갈라 내장을 들어낼 참이었다.

"여기서 잘 허야 혀. 잘못허믄 쓸개가 터진다니께."

그는 쓸개가 터지면 내장을 먹을 수 없다며 돼지 앞에 쭈

그리고 앉았다. 그의 말에 나도 그가 어떻게 하는지 보려고 틈을 비집고 앞으로 나갔다. 그는 돼지 앞에 앉더니 능숙한 손놀림으로 가슴팍의 뼈와 살을 분리해 나갔다. 선홍빛 간을 들어낸 다음 칼을 거의 눕히다시피 하여 무언가를 조심스럽게 들어냈다. 허연 힘줄이 엉겨 있는 푸르스름한 덩어리였다.

"이게 쓸개라는 건디, 막일 허는 사람헌티 그렇게 좋다는 겨."

그러면서 그는 옆에 놓인 왕소금에 그것을 살짝살짝 찍더니, 목을 뒤로 젖히고 입을 딱 벌려 삼키려고 하였다. 쓸개주머니는 내 주먹보다 두 배는 더 커 보였다. 그는 단번에 삼키는 것이 여의치 않았던지 고개를 세워 침을 한 번 꿀꺽 삼킨 후, 다시 시도하기 위해 머리를 뒤로 젖혔다. 그의 손끝에 대롱대롱 매달려 있는 쓸개주머니에서 허연 훈김이 피어올랐다.

그는 입안에 쓸개주머니를 몇 번이나 넣었다 뺐다 하다가 어느 순간 꿀꺽 삼켰다. 그 바람에 나도 마른침을 꿀꺽 삼켰다. 목안으로 무엇인가, 뜻뜻하고 미끌미끌한 무엇인가가 넘어가는 것 같아 속이 다 메슥거릴 지경이었다. 그는 쓸개주머니를 삼킨 후 머리를 흔들며 진저리쳤다. 왕소금 몇 낱을 입에 털어 넣은 그의 눈에 물기가 번들거렸다.

그 후 돼지는 일사천리로 분해되었다. 네 다리, 어깨, 옆구리, 가슴팍 등이 따로따로 분리되었다. 그리고 그것들은 다시 한 근 두 근씩 살코기로 썰어져 짚 오래기에 꿰어졌다. 내장은 내장대로 그릇에 담아 술국을 끓이고, 오줌보와 꼬리는 우리들 차지였다. 우리는 꼬리를 꼬챙이에 꽂아 구워 먹고 싶었지만 그럴 만한 불이 없었다. 하는 수 없이 오줌보에 바람을 넣어 차고 놀았다.

햇살이 더욱 짧아지고, 희끗희끗 눈 쌓인 골목에 땅거미가 내렸다. 술국을 끓여 놓고 술을 마시는 어른들의 목소리가 왁자지껄 울려 퍼졌다. 집집마다 굴뚝에서 흰 연기가 몽실몽실 솟아올랐다. 우리는 내일 다시 놀자는 말을 잊지 않으며 집으로 돌아갔다. 마당귀 한 구석에 진창에 나뒹굴어 시커매진 돼지 오줌보가 두터워 가는 어둠에 싸여 있었다.

❧

이비지가 부엌에서 소여물을 퍼 담고 있었다. 괄괄한 장작불에 쉭쉭 거센 김을 뿜어대며 여물이 기세 좋게 끓었다. 엄마는 옆에서 두부를 만들고 있었다. 나무 삼발이를 큰 고무 함지에 걸쳐 놓고, 설설 끓는 두부 물을 삼베 망에 퍼부은 후 그것을 꾹 눌러 짰다. 후끈한 열기와 숏구쳐 오르는 허연 김 때문에 옆에 있는 사람의 얼굴도 잘 보이지 않았다.

"평대, 너 워디 갔다 오냐! 일찍 와 집안 청소 좀 허지 않구."

아버지가 눈을 부라리며 소리쳤다. 아버지 목소리에 내 목이 자라처럼 움츠러들었다. 아버지는 내가 노는 것을 잠시도 두고 보지 못했으며, 틈날 때마다 공부해라 일해라 잔소리를 퍼부었다.

그런 아버지가 나는 싫었다. 아버지가 집에 안 계시면 나는 마음이 따뜻한 솜에 싸인 듯 포근했고, 집에만 계시면 안절부절 불안하기 그지없었다.

아버지가 양동이에 소여물을 퍼 담아 소 구유에 쏟아 주라고 하였다. 부엌을 향해 시장기를 되새김질하던 암소가 김이 무럭무럭 오르는 구유에 입을 넣고 푸우 푸 여물을 먹기 시작했다.

소는 천천히 오래도록 먹었다.

나는 소가 여물을 먹는 모습을 아버지와 함께 지켜보았

다. 소는 콧잔등으로 여물을 밀어 올리며 구유 밑바닥에 가
라앉은 콩이나 다른 맛있는 것부터 골라 먹었다.

저녁을 먹고 나니 밖은 완전히 어두웠다. 세찬 바람이 문
풍지를 할퀴며 쌩쌩 불었지만, 그러나 나는 하나도 겁나지
않았다. 엿을 고고 두부를 만들기 위해 하루 종일 아궁이에
불을 땠기 때문에 방안이 후끈거렸다. 아버지는 저녁밥을
드시고 이내 아랫목에 누우셨다. 엄마는 아직도 할 일이 많
은지 부엌과 방을 오가며 일을 하셨다.

우린 윗방에 이불을 펴고 강아지처럼 뒹굴며 놀았다. 나
와 동생 이렇게 둘이서. 동생이 하나 더 있었지만, 막내는
너무 어려 우리가 노는 데 낄 수 없었다.

우리가 웃고 까불고 뒹구는 바람에 방안은 온통 북새통이
되었다. 벽에 비친 우리들의 그림자가 늘어났다 줄어들었다
하며 귀신처럼 너울거렸다.

"왜 까불고 난리여."

잠에서 깬 아버지가 소리를 버럭 질렀다.

"까불고 장난칠 거면 불 끄고 자."

밖에서 엄마도 소리쳤다.

"조용히 앉어서 얘기나 허는가, 웃이라도 놀면 얼매나

좋아.”

엄마가 나와 동생을 야단쳤다. 순간 우리는 조용했다. 그러나 얼마 안 있어 다시 떠들고 장난치고 키득거렸다. 급기야 아버지가 일어나 우리들 머리통을 쥐어박았고, 그러고 나서야 방안은 조용해졌다.

나는 내복 바람에 밖으로 나왔다. 오줌이 마려웠다. 방문을 여는 순간 찬바람에 숨이 컥 막혔다. 그러나 춥지는 않았다. 오히려 땀을 흘린 몸에 찬바람이 선득선득하게 닿아 기분이 상쾌했다. 어둠이 쌓인 마당 구석에 오줌을 누었다.

그때였다. 옆집에서 왈그랑 그릇 깨지는 소리가 났다. 곧이어 ‘아부지, 잘못했슈.’ 하는 소리와 까무러칠 듯한 아이의 비명 소리가 들렸다. 병근이와 병근이 동생 병숙이의 비명이었다.

병근네는 우리와 담장 하나를 사이에 두고 이웃하여 살았다. 담장이래야 내 키보다 조금 더 높아서 우리 집에서 까치발을 딛고 보면 병근네 마당이며 부엌까지 다 볼 수 있었다. 너나 없는 이웃으로 함께 살아온 게 내가 태어나기 전부터라고 하니 우리와 병근네는 한 식구나 다름없었다.

비명 소리와 병근 아버지 악써 대는 소리가 다시 어둠을 뚫고 들려왔다. 아마도 병근이 아버지가 술을 마시고 들어와 살림살이를 마구 부수는 것 같았다. 부엌에 계시던 엄마가 조심조심 담장 밑으로 가 병근네 집을 엿보았다. 나도 엄마 곁에 서서 귀를 기울였다.

"애는. 감기 걸리면 워쩌려고 내복 바람에 나왔어."

엄마가 나를 보고 목안 소리로 꾸짖었다. 빨리 들어가라며 어깨를 떠밀었지만 나는 꼼짝도 하지 않았다. 내 친구 병근이가 걱정되어서였다.

병근이 아버지는 광부였다. 아니 어쩌면 그렇게 말하기도 어려운 점이 있었다. 병근이 아버지는 읍내 광산에도 다녔지만, 마을에서 다른 사람 땅을 빌어 농사도 짓고 있었다. 엄마 말에 의하면 병근이 아버지는 사람은 다 좋은데, 한 가지 병이라면 술만 마셨다 하면 인사불성이라는 거였다.

"인사불성이 뭐예요?"

궁금한 게 있으면 참지 못하는 내가 엄마에게 물었다.

"뭐긴 뭐여. 정신없어 개만도 못하다는 거지."

엄마가 한 마디로 잘라 말했다.

그래서였는지도 모른다. 병근이 엄마는 남편과 아이들을 두고 집을 니가 비렸다. 삼년 전 바로 오늘 섣달그믐에.

그날도 병근이 아버지는 동네 돼지를 잡았고 낮부터 술에 취해 집에 들어와 병근이 엄마하고 크게 싸웠다. 병근이 아버지의 주정에 병근이 엄마가 싫은 소리를 했고, 살림살이가 몽땅 마당에 내동댕이쳐졌다. 그날 밤 병근이 엄마는 온다간다 말 한 마디 없이 집을 나가 버렸다.

어수선한 가운데 설을 쇠었다.

다음 날부터 사람들이 병근이 엄마를 찾아 나섰다.

혹 목을 맸는지 몰라 산과 계곡을 뒤졌고 읍내에 나가 수소문도 해 보았다. 그러나 병근이 엄마를 보았다는 사람은 어디에도 없었다. 마을 사람들은 홧김에 집을 나갔으니 조금 있으면 돌아올 거라고 했다. 아무리 독한 여자라도 자식이 있는데 돌아오지 않고는 못 배길 거라고 했다.

"여태꺼지 안 오는 거 보믄 사람 눈에 안 띄는 곳에 가서 죽었을 겨."

"허! 이 사람, 그런 소리 말어. 죽긴 누가 죽었다구 그려."

그 해 겨울이 가고 봄이 왔지만 병근이 엄마는 돌아오지 않았다.

병근이 아버지는 광산에도 나가지 않고 술만 마셨다. 취하면 마루턱에 앉아 고래고래 고함을 질렀고, 아이들을 집

밖으로 쫓아낸 다음 기둥에 머릴 처박고 훌쩍훌쩍 울었다.

그런 병근네를 엄마는 한 식구처럼 돌보았다.

"에그 쯧! 어린 게, 이제 겨우 핵교 들어간 게, 밥이나 제대로 해 먹는지."

어린것이란 병근이 동생 병숙이를 말했다. 엄마는 김치를 담거나 강낭콩을 넣어 밀개떡이라도 찌면 꼭 얼마큼씩 따로 남겼다 주었다. 에미 없는 것들이 오죽 배곯겠느냐는 말을 잊지 않으며.

"암만 혀도 내가 들여다보고 와야겠다."

병근네 집을 찬찬히 살피던 엄마가 돌아서며 말했다. 나도 따라간다고 하자 엄마가 눈을 부라리며 종주먹을 들이댔다. 뭐 하려고 이 밤에 거길 따라 오냐는 것이다. 그러나 나는 재빠르게 방에 들어가 옷을 입고 나왔다. 밤바람이 목안에 차갑게 파고들었다.

병근네 집엔 불이 꺼져 있었다. 나와 엄마가 마당에 들어서자 병근이 아버지가 누구냐고 소리 질렀다.

"나유. 이 위 평대 엄니유."

"어이쿠, 아줌니가 웬일이시래유?"

병근이 아버지가 부스럭대며 불을 켰다. 작고 네모난 문틈으로 노란 호박색 불빛이 희미하게 돋아났다. 잠시 후 병근 아버지가 버르적거리며 밖으로 나왔다. 술에 취해 몸도 제대로 가누지 못했다.

"애들은 어딨슈?"

"몰러유. 그 잡아 죽일 것들."

"개들을 왜 잡아 죽인다구 그류? 애들이 뭔 잘못을 했다구? 속상허더라도 병근 아부지가 참으야지."

그러면서 엄마가 병근이와 병숙이를 불렀다. 그러나 아무 소리도 들리지 않았다. 이따금 허공을 가르는 바람소리만이 우우 짐승 같은 소리를 내며 울부짖었다.

"이 밤중에 워디들 갔댜?"

엄마가 다시 불렀다. 엄마의 목소리 끝이 몰아치는 찬바람에 가뭇없이 지워졌다.

"방에 불은 땠남유?"

엄마 말에 병근이 아버지가 그렇다며 고개를 푹 떨구었다. 그런 그를 잠시 바라보던 엄마가 나보고 가자며 손을 끌었다.

집을 나와 몇 걸음 떼지 않아서였다. 집 뒤 우물가에서 인기척이 났다. 가만 들어 보니 바람결에 묻어 오는 훌쩍거리는 소리였다. 순간 등골이 오싹해지며 온몸에 소름이 돋았다. 병근이인 줄 알면서도 무서웠다. 엄마가 소리 나는 쪽으로 성큼성큼 발을 내딛으며 말했다.

"병근이냐? 어서 이리 나와. 나여, 평대 엄니여."

어둠 속에서 병근이와 병숙이가 걸어 나왔다. 둘은 손을 맞잡은 채 어깨를 들썩이며 흐느끼고 있었다.

"얼른 우리 집에 가자."

엄마가 병근이와 병숙이를 앞세우고 걸었다.

"그만 울고, 불 좀 쬐어."

엄마가 고무래로 아궁이 속 불을 긁어냈다. 아직 꺼지지 않은 잉걸불 토막들이 재에 묻어 나왔다. 엄마가 헛간에서 콩깍지를 한 다발 가져왔다.

"평대야 니가 불 좀 때라."

내가 불을 때는 사이 엄마가 저녁 밥상을 차렸다.

콩깍지가 타닥타닥 소리를 내며 탔다. 다홍빛으로 타오르는 불을 쬐며 병근이와 병숙이가 턱을 덜덜 떨었다. 나는 무슨 말인가 해야 할 것 같았지만, 그러나 아무 말도 생각나지 않았다. 다만 아까 낮에 회관 마당에서 돼지를 잡기 전 어서 집에 가라는 병근이 아버지의 호통에 입을 뚜 내민 채 집으로 향하던 병근이의 모습만 떠올랐다.

'얼마나 우리하고 같이 놀고 싶었을까?'

내일 아침 세배를 마친 후, 나는 맨 먼저 병근이와 돼지 오줌보를 차고 놀아야겠다고 다짐했다.

"쯧쯧! 여태까지 밥을 안 먹었으니 얼마나 배고플 겨."

엄마가 아궁이 앞에 상을 가져다 놓았다. 밥상 위로 낼름 거리며 타오르는 불꽃이 얼비쳐 어른거렸다.

"얼른 먹어."

밥을 앞에 놓고도 쉽사리 수저를 들지 못하는 병근이에게 내가 말했다. 병숙이는 어깨를 들썩이며 흐느꼈지만, 병근 이는 불만에 가득 찬 눈길로 아궁이 속 불길을 쏘아보았다.

"국에다 말아 먹어."

엄마 말에 비로소 병근이가 수저를 들었다. 나는 혹 불땀 이 약해질까 봐 부지깽이로 불꽃을 돋우었다. 사나운 바람 이 닫힌 부엌문을 사정없이 때렸다. 그 바람에 불꽃이 스러 질 듯 너풀거렸다. 그러나 우리를 따뜻하게 해 주는 불꽃을 꺼뜨리지는 못했다.

병근이 아버지는 세상모르게 잠들어 있었다. 그는 언제 그렇게 아이들을 쫓아냈느냐는 듯 드르렁드르렁 코까지 골며 자고 있었다. 아무리 어른이라지만 어떻게 저럴 수 있을까? 아무리 술에 취했다지만 이 추운 밤 아이들을 쫓아내고 어떻게 저렇게 코를 골며 잠을 잘 수 있을까? 나는 그가 미웠다.

그러나 오히려 그러는 게 다행이라는 생각이 들기도 했다. 세상모르고 자고 있어서 엄마와 나는 병근이와 병숙이가 무사히 방안으로 들어가는 것을 지켜볼 수 있었다.

밤하늘에 별이 초롱초롱 빛났다. 하지만 날씨는 점점 더 추워져 숨을 들이쉴 때마다 콧구멍 속이 얼어붙는 것 같았다.

방안은 이미 조용했다.

"너도 들어가 자거라."

엄마가 말했다.

나는 소리 나지 않게 조심스럽게 방문을 열고 들어갔다. 나와 함께 까불고 장난치던 동생도 어느 덧 잠이 들었다.

나는 베개를 늘고 빈자리를 찾아 누웠다. 문지방 곁이었다. 사방은 적막에 싸여 고요했지만 왠지 잠이 오지 않았다.

'섣달그믐 날 일찍 자면 눈썹이 하얗게 센단다.'

언젠가 선생님한테 들은 말이 생각나 나는 눈썹을 손으로 문질러 보았다. 지금 자는 것이 일찍 자는 것인지 아니면 늦게 자는 것인지 몰라 속으로 은근히 걱정이 되기도 하였다.

오늘밤만 자고 나면 나도 이제 열 살이 된다.

나는 열 살이 되면 참 좋은 일이 많을 거라고 생각했다. 열 살이 되면 길을 가다가도 잘 넘어지지 않을 것이다. 나는 길을 가다 돌부리에 걸려 곧잘 넘어졌다. 나에게는 그게 큰 불만이었다. 그러나 열 살이 되면 어쩐지 그런 일이 더 이상 일어나지 않을 것 같았다. 그리고 또 열 살이 되면 아이들이 뒤에서 달려들어 바지를 벗기는 일도 없을 것이다.

나는 빨리 날이 새었으면 싶었다. 날이 밝아 새 옷도 입고 세배도 하고 맛있는 것도 많이많이 먹고 싶었다. 그리고 병근이와 회관 앞마당에서 돼지 오줌보를 차며 놀고 싶었다.

밤바람이 우릉우릉 문풍지를 울렸다. 어느덧 엄마도 잠이 들었는지 푸우 푸 숨소리가 요란했다. 나는 혼자 눈을 뜬 채 열 살이 되면 좋을 또 다른 일들을 생각해 보았다. 그러다 문득 내 친구 병근이를 떠올렸다. 그리고 보니 병근이도 내일이면 열 살이 된다.

나는 병근이 엄마가 내년에는 꼭 집에 돌아왔으면 싶었다. 나에게 있을 좋을 일을 다 포기하는 한이 있더라도 그 일만은 꼭 이루어졌으면 싶었다. 그러면 병근이 아버지가 술을 마시는 일도 없을 것이다. 병근이와 병숙이를 때리는 일도 없을 것이다.

나는 깜뭇깜뭇 쏟아지는 잠 속에서 그 소원만큼은 이루어지도록 안간힘을 다해 빌었다.

'내년에는 병근이 엄마가 꼭 돌아오게 해 주세요.'

비밀 아지트

학교가 끝난 후 나는 병근이와 함께 집에 왔다. 병근이는 학교에서부터 손에 무엇인가를 꼭 쥐고 있었다.

"그게 뭐니?"

찔레 순을 꺾으며 내가 물었다.

"이거?"

병근이가 손을 앞으로 쑥 내밀었다. 그러더니 조심스럽게 손아귀를 펴 내게 보여 주었다. 그의 손 안에 땅강아지가 들어 있었다. 땅강아지의 앞발이 부러져 있었다.

"학교 화단에서 잡은 거다."

병근이가 땅강아지를 바닥에 놓았다. 땅강아지가 버르적

거리며 기어갔다. 앞발이 하나 없어서인지 몸이 자꾸 한쪽
으로 기울었다. 우리는 길바닥에 쪼그려 앉아 머리를 맞댄
채 손끝으로 땅강아지 등을 집적거렸다.

오후의 따가운 햇살이 목덜미에 내리쬐였다. 쪼그려 앉
은 우리들의 그림자 속에서 땅강아지가 맨땅을 죽을 둥 살
둥 기었다. 그런데 이상했다. 땅강아지가 한쪽으로만 가는
것이 아니라 이쪽저쪽 방향 없이 마구 기어가는 게 아닌가.

"얘, 왜 이래?"

내 말에 병근이가 키득거렸다.

"잘 봐."

그가 땅강아지를 집어 올렸다. 자세히 보니 땅강아지의
더듬이가 부러져 있고, 눈도 보이지 않았다.

"어떻게 된 거야?"

"뺑끼칠 했어, 히히."

병근이는 학교 벽을 칠하기 위해 놓아둔 페인트 통에 땅
강아지 머리를 넣었다 뺀 것이다.

"키키키, 푸하하."

나와 병근이는 헛발질만 해대는 땅강아지 배를 간질키며
키득거렸다.

그때였다. 우리들 머리 위로 사람의 그림자가 어릿거렸
다. 놀라 고개를 들어 보니 처음 보는 사람들이었다.

나물꾼들이었다. 여자 둘에 남자 하나였다. 그들은 모
두 모자를 쓰고 목에 수건을 걸쳤으며 장화를 신고 있었다.

보리밭이 푸르러 가고 무논에 뻐꾸기 울음이 구성지게 풀
릴 무렵이면 외지外地에서 온 나물꾼들이 심심찮게 눈에 띄
었다. 그들은 마을의 산과 들을 헤집고 다니며 나물을 뜯었
다. 들리는 말로는 나물만 뜯는 게 아니라고 했다. 뱀을 잡
기도 한다고 했다. 그들은 너나없이 등에 바랑 같은 가방을
메고 다녔는데, 고사리나 취나물 더덕 같은 것을 꺾어 그 속
에 넣었다. 저녁나절 마을을 빠져 나가는 그들의 가방은 언
제나 불룩하였다.

"얘들아, 이리 가면 지처실이란 동네 나오니?"

지처실이란 내가 사는 마을을 지나 산골짜기에 붙어 있
는 작은 마을이었다.

"예, 그리 가면 돼요"

내가 말하며 일어섰다. 병근이도 따라 일어섰다. 녹음이
부풀어 오른 산에 뻐꾸기가 울었다. 나물꾼들 뒤를 따라 우
리도 집을 향해 걸었다.

"이거 밤에도 잘 날지?"

"응."

"낮에는?"

땅강아지가 낮에 나는 것을 한 번도 보지 못한 내가 궁금해 하면서 말했다.

"한번 날려 볼까?"

병근이가 땅강아지를 하늘 높이 던졌다. 하늘에 땅강아지가 까맣게 솟구쳐 올랐다가 앞서 가는 사람들 발 앞에 떨어졌다. 그런데 이게 웬일인가. 그들 중 하나가 아무렇지도 않게 땅강아지를 파삭 밟았다. 피해갈 줄 알았는데……. 나는 그만 가슴이 덜컥 내려앉았다. 깜짝 놀라 달려가 보니 땅강아지는 이미 으깨져 있었다. 터져 버린 몸에서 물 같은 점액이 흘러나왔다. 가엽게도 다리만 바들바들 떨고 있었다.

우린 한 가지 생각에 빠져들었다. 해마다 봄이 되면 우린 나무 위에 평상平床을 매어 놓고 놀았다. 뛰어내려도 다치지 않을 높이에 나무를 사방으로 연결하여 평상을 만들었는데,

그곳이 우리들의 놀이터이자 아지트였다.

"이번엔 땅 속에 굴을 파서 만들까?"

내 말에 병근이가 의아해 하는 얼굴로 물었다.

"어떻게?"

"집 앞에 당산 있잖아. 거기 적당한 곳을 찾아 땅을 파들어 가는 거야. 땅을 계속 파들어 가면 굴이 되잖아. 그러면 앞에다 통나무로 기둥을 세워 흙이 무너지지 않도록 하면 되지."

내가 나무 막대로 땅에 그림을 그리며 말했다.

"우리 둘이? 그러다 무너지면 어떡하고?"

"안 무너져. 그리고 우리 둘이 해야 해."

나는 우리 둘이 해야 함을 강조했다. 사실 나는 이 계획을 짜면서 병근이 외 다른 친구들을 더 끌어들이려고 하였다. 병근이 다음으로 친한 남주나 경락이 같은 아이들 말이다. 그러나 그런 생각을 이내 거두어들였는데, 그건 우리들만의 아지트가 되기 위해서는 작업에 참여하는 사람이 적으면 적을수록 좋다는 생각에서였다. 사람이 많으면 비밀이 새나가기 마련이고, 그러다 보면 아지트가 갖는 신성함마저 사라져 버릴 것 같아서였다.

우린 곧바로 작업에 착수했다. 학교가 끝나자마자 우린 쏜살같이 집에 와 점심부터 뚝딱 먹어치웠다. 그런 다음 산에 올라 우리들의 왕국이 되어 줄 적당한 터를 찾기에 여념이 없었다.

산은 이미 녹음으로 부풀어 있었다. 우린 산기슭에서부터 등성이까지 쏘다녔다. 우리들 발걸음에 놀라 꿩이 푸드덩 날아올랐다. 지난 가을 떨어져 쌓인 낙엽이 발아래 바스락대며 부서졌다.

산 중턱에 이르렀을 때였다. 앞서가던 병근이가 걸음을 멈추었다.

"저기 어때?"

병근이가 굴참나무 사이로 한 곳을 가리켰다. 크고 작은 나무들에 둘러싸인 평평한 곳이었다.

"저긴 안 되겠는데."

나는 경사가 심하면서도 일하기 좋은 곳을 찾았다. 경사가 심해야 직각으로 파들어 가기가 쉬울 뿐더러 무너지지 않을 것 같아서였다.

병근이가 앞에서 헤치고 간 나뭇가지가 뒤따라가는 내 얼굴을 사정없이 때렸다. 순간 나는 얼굴을 감싸 안고 그 자리에 주저앉았다. 눈자위가 따끔거리고 눈물이 핑 돌았다. 병근이가 다가와 눈 아래 상처를 입으로 불어 주었다. 우리들 팔 다리는 이미 나뭇가지와 가시덤불에 긁혀 상처투성이였다.

'아무래도 굴을 파서 아지트를 만들긴 어렵겠다.'

나는 근처 바위에 앉아 그런 생각을 하고 있었다. 그러나 호기심이, 그리고 우리들의 아지트가 완성되어 비밀스레 그곳을 출입할 것을 생각하면, 무슨 일이 있어도 절대 포기할 수 없었다.

"야, 여기 어때?"

앉았던 바위 밑을 가리키며 내가 소리쳤다.

"바위 밑을 곧장 파들어 가는 거야."

땅을 파도 바위가 천장 역할을 해 무너지지 않을 것이란 생각이 들었다. 그리고 바위 아래 땅의 경사가 심해 직각으로 파들어 가기에도 좋았다.

주위를 잘 살펴보았다. 과연 우리들의 아지트로 적당한지 다시 한 번 확인하기 위해서였다. 바위 앞에 나무가 우거져 있고, 다른 쪽엔 칡덩굴이 뒤엉켜 있어 사람들 눈에 쉽게 띄지 않을 것 같았다.

다음 날부터 공사가 시작되었다. 우린 학교가 끝나자마자 집에 와 책가방을 내던진 후 산으로 갔다. 아이들이 물고기 잡으러 가자는 말도 귀에 들어오지 않았다. 집에 붙어 있지 않고 어딜 그렇게 쏘다니냐는 엄마의 나무람도 들리지 않았다. 오로지 하나, 비밀 아지트를 하루 빨리 완성해야 한다는 생각밖에 없었다.

우린 길이 2미터, 높이 1미터쯤 되는 굴을 파들어 갔다. 다행이 바위가 우리가 파들어 가는 방향과 수평으로 놓여 있어, 천장을 따로 만들지 않아도 흙이 무너질 염려는 없었다.

땅을 파는 일이나 나무를 잘라 옮기는 일을 우린 같이 했다. 그도 그럴 것이 비밀 아지트를 만드는 일에 혼자 할 수 있는 일이란 거의 없었다. 한 사람이 흙을 파내면 다른 사람이 그 흙을 가져다 다른 곳에 옮겨 놓았다. 나무를 자르고 날라 오는 일도 그러했다. 때때로 우리는 통나무를 베어 가지를 친 후 그것을 통째로 옮겨오기도 했는데, 그런 일은 도저히 혼자 할 수 없는 일이었다.

아지트 만드는 일 가운데 가장 힘든 일은 입구에 기둥을 세우고 그 위에 통나무를 걸쳐 흙이 쏟아지지 않도록 하는 일이었다. 기둥 세우는 일은 높이에 맞게 나무를 잘라 바위에 끼워 넣으면 되었으나, 그 위에 통나무를 올려 움직이지 않도록 고정시키는 일은 아무리 해도 되지 않았다. 결국 우리는 한 뼘도 더 되는 대못을 가져다 통나무 양쪽을 각지게 썰어 홈을 만든 후 망치로 때려 박았다.

이윽고 네모난, 그러나 바위 때문에 안으로 들어갈수록 천장이 비스듬히 기울어진 우리의 아지트가 완성되었다. 나와 병근이가 마주앉을 정도의 공간이었다. 우린 낫으로 아지트 주변에 뻗어 나온 나무뿌리를 자르고, 솔가지를 꺾어다 바닥을 쓸어 판판하게 다졌다. 그런 다음 낡아 쓰지 못하는 멍석을 가져다 바닥에 깔았다. 멍석을 깔자 축축하던 아지트 내부에 안락한 기운마저 감돌았다.

나와 병근이는 누가 먼저랄 것도 없이 부둥켜안고 환호성을 질렀다. 얼굴은 땀투성이였지만 우리 스스로 비밀 아지트를 만들었다는 자부심에 가슴이 벅차올랐다.

이제 남은 일은 지금까지의 흔적을 말끔히 지워 다른 사람 눈에 띄지 않도록 하는 일이었다. 우린 주위에 쌓여 있던 흙이며 돌을 사방에 흩어 놓았다. 그리고 나뭇가지를 가져다 아지트 입구를 가렸다. 아지트가 완벽하게 위장되었다.

나와 내 친구만을 위한 비밀 공간.

나는 하루도 거르지 않고 그곳에 갔다. 늘 병근이와 함께 갔는데 혼자 가는 때도 있었다.

우린 우리들만의 보물을 산속 아지트에 옮겨 놓았다. 나의 보물 1호는 오징어 뼈였다. 유리구슬, 소의 목에서 딸랑대던 작은 종, 개구리처럼 생긴 돌, 딱지 등 보물은 많았지만 나는 오징어 뼈를 가장 귀하게 여겼다.

오징어 뼈는 걀쭉한 타원형에 색깔이 하얀 은회색이었다. 겉은 까슬까슬했고 손에 쥐면 손아귀 밖으로 양쪽 끝이 하얗게 나와 있었다. 오징어 뼈는 상처에 바르면 금방 피가 멎었다. 엄지손톱으로 갉작갉작 긁으면 분필 가루 같은 하얀 가루가 나오는데, 그걸 상채기에 바르면 이내 피가 멎고 얼마 안 있어 딱쟁이가 까맣게 앉았다.

우리는 아지트 내부를 새롭게 꾸몄다. 허리를 반쯤 굽혀야 들어갈 수 있는 비좁은 곳이었지만, 나무판자를 가져다 아지트 안쪽을 단처럼 꾸민 후 그곳에 우리의 보물을 진열하여 놓았다. 나는 내가 가져온 오징어 뼈와 병근이가 가져온 귀 떨어진 등잔을 진열대 한가운데 정성 들여 놓았다.

그곳이 우리에겐 성소聖所나 다름없었다. 나는 순례자들이 신의 발자취를 따라 순례의 길을 떠나듯, 늘 신성한 마음으로 그곳을 찾았다. 나는 이따금 그곳에 혼자 조용히 앉아 있곤 하였는데, 나는 아무도 없는 산속이 적막하지만은 않다는 것을 그때 처음 알았다.

나는 골방처럼 어두운 그곳에 누워 상상의 날개를 마음껏 펼쳤다. 커다란 갈참나무 잎으로 푸른 배를 만들어 창공을 헤엄쳐 가는 꿈에 젖기도 하고, 흙으로 사람이나 동물의 형상을 빚어 인형극을 하듯 가지고 놀기도 했다.

그러나 나의 성소 출입이 늘 자유롭기만 한 것은 아니었다. 아버지 때문이었다. 엄마는 나를 볼 때마다, 어딜 그렇게 쏘다니냐며 눈을 흘겼다. 그렇게 엄마는 나를 나무랐지만, 크게 혼을 내거나 야단을 치지는 않았다. 그러나 아버지는 달랐다. 아버지의 목소리는 늘 시멘트 바닥에 쇳덩어리를 굴릴 때 나는 소리처럼 위압적이고 무서웠다.

"너 이늠의 새끼, 그러다 다리몽댕이 부러질 줄 알어."

그 한 마디에 나는 목이 자라처럼 움찔 움츠러들었다.

아버지는 내가 제일 무서워하는 사람이었다. 내가 하는

일이 마땅찮으면 아버지는 얼굴이 붉다 못해 붉그락푸르락
해지고, 굵고 진한 눈썹이 누에처럼 꿈틀거렸다. 평소엔 잔
소리도 하지 않다가 어느 날 한꺼번에 화를 폭발하곤 하였
는데, 그럴 때면 나는 겁에 질려 쥐구멍이라도 찾아 들어가
야 했다.

아버지의 경고는 무서웠지만, 그러나 나는 하루라도 그
곳에 가지 않으면 안달이 나 견딜 수 없었다. 비가 와 가지
못하는 날엔 마루 끝에 앉아 산속 아지트가 있는 곳을 바라
보며 지루한 시간을 보내기 일쑤였다.

"우리 언제 한번 아지트에서 잘까?"

내 말에 병근이의 눈이 동그래졌다.

"어떻게 자? 문도 없는데."

"문은 만들면 되지."

"그래도 안 돼. 밤에 뭐가 나올 지도 모르는데."

병근의 말에 순간 내가 움찔했다. 정말 밤에 무서운 산짐
승이 나올 지도 몰라서였다.

"불 켜 놓으면 괜찮아."

"그럼 아버지는?"

아버지란 말에 다시 내 입이 다물어졌다. 산짐승보다 더

무서운 것은 아버지였기 때문이다.

"속여야지. 거짓말을 해서라도."

나는 아랫입술을 꽉 깨물었다. 아지트에서 하루 잘 수만 있다면 무슨 일이라도 할 수 있을 것만 같았다.

"넌 그 날 우리 집에 와서 잔다고 해. 난 외갓집에 가서 잔다고 할 게."

나는 전에도 가끔 같은 마을에 있는 외가에 가서 잠을 자고 온 적이 있기에 그렇게 말했다.

"믿어 줄까?"

"그러니까 아무 말 말고 있다가, 그날 저녁 슬그머니 빠져 나오는 거야. 준비는 미리 다 해 놓고."

봄이 무르익어 갔다.

마루에 앉아 점심을 먹을 때도 산을 타고 오르내리는 나물꾼의 모습이 보였다. 이제 얼마 안 있어 고사리도 쇠고 두릅도 늙을 것이다. 나물꾼들은 그 전에 하나라도 더 꺾으려고 기승을 부렸다. 그러는 그들을 보며 엄마가 푸념 섞인 목소리로 말했다.

"제기, 동네에서 나는 나물이란 나물은 죄 남들이 꺾어
가느먼."

그 말에 내가 끼어들었다.

"그 사람들한테 뭐라고 좀 허지."

"말 허나 마나여. 그리고 또 제 발로 산에 올라 꺾어 가는
데 허긴 뭐라고 헌다니?"

곁에서 쩝쩝 입맛을 다시던 아버지가 딴청부리듯 말했다.

"우리 모 언제 심는다고 했지?"

"언제는? 닷새 후 심는다고 허잖았어?"

"그때까지 비 오지 말아야 허는디."

나는 두 분 말씀을 들으며 가슴이 뜨끔했다. 비밀 아지트
에서 하루 자기로 한 날과 우리 집 모 심는 날이 공교롭게도
일치했기 때문이다.

"평대 너도 그 날은 핵교 끝나자마자 논으로 와. 밥도 논
에 와서 먹어."

청천벽력 같은 아버지 말씀이었다. 아버지는 나에게 그
날 논에 와 심부름이라도 하라고 했다.

이비지 말에 나는 가시방석에 앉은 기분이었다. 무슨 변

명거리라도 만들어 모 심는 날 논에 나가지 않을까 생각했
지만 어림없는 일이었다.

그러나 그렇다고 또 나의 거사巨事를 포기할 수도 없지
않은가.

나는 앞으로의 일이 어찌되든 하루하루 아지트에서 일박
하기 위한 준비에 심혈을 기울였다. 맨 처음 준비한 것은 아
지트 입구에 칠 덮개였다. 아지트에 문이 없어 바람이 들이
칠 것에 대비하기 위해서였다. 호롱불은 아무리 해도 구할
수 없어, 유리병에 철사를 걸어 심지를 끼우는 식으로 우리
가 직접 만들었다.

은밀한 가운데 하나하나 준비가 끝나 갔다.

이윽고 거사 이틀 전.

하늘이 흐리면서 먹구름이 몰려들었다. 비가 추적추적
내렸다. 비는 그치지 않고 다음날까지 내렸다.

어른들은 비가 와도 들에 나가 일을 했지만 우리는 밖에
나가 놀 수가 없었다. 나는 마루 끝에 앉아 어두운 하늘을
원망스런 마음으로 바라보았다. 추녀 끝에 떨어지는 낙숫
물 사이로 산 중턱 우리들의 아지트를 바라보며 안절부절
못할 뿐이었다.

비는 그렇게 이틀 동안 내렸다.

비가 그치자 나는 부리나케 아지트로 달려갔다.

아지트가 어찌되었는지 궁금해서 견딜 수 없었다.

산비탈을 오르는 내 얼굴에 팥죽 같은 땀이 흘렀다. 비 온 후의 물기가 나뭇잎과 풀잎에 그대로 남아 번들거렸고, 찔레나무 가시에 옷이 찢기기도 하였다. 비 온 뒤 산은 검푸른 빛마저 띠고 있었다.

어렴풋이 아지트 입구를 알아볼 만한 곳에 이르렀을 때, 나는 나도 모르게 우뚝 발걸음을 멈추었다. 위장하기 위해 덮어 놓은 나뭇가지들이 아무렇게나 널려 있고, 문에 쳐놓은 덮개도 사라져 굴의 입구가 휑하게 드러나 있었다.

순간 가슴이 철렁 내려앉았다.

다리가 후둘후둘 떨렸다.

소름이 머리끝에서 발끝까지 오스스 일면서, 한 줄기 서늘한 냉기가 가슴 밑께를 훑고 지나갔다.

나는 천천히, 한 발 한 발, 어떤 일을 맞이할 각오가 되어 있는 사람처럼 앞으로 걸어갔다. 아지트는 무참히 파괴되어 있었다.

나물꾼들 짓이었다. 그들 발자국이 아지트 주변에 어지

럽게 찍혀 있었다. 성소에 진열되어 있던 우리들의 보물도 여지없이 팽개쳐져 흙 속에 나뒹굴었다.

순간 눈물이 핑 돌았다.

나는 두 동강난 오징어 뼈를 주워 맞춰 보았다.

그러나 헛일이었다.

병근이가 가져온 등잔도 바위에 부딪혀 산산조각 나 있었다.

나는 우두커니 선 채 주먹으로 눈물을 훔쳤다. 마음이 무너져 내렸다. 진흙덩이가 가슴에 얹힌 듯 속이 꽉 막히고, 내 안 어디선가 불덩어리 같은 분노가 치밀어 올랐다.

그들이 앞에 있다면 나는 돌멩이라도 움켜쥐고 달려들었을 것이다. 팔뚝이라도 물어뜯어 요절을 내고야 말았을 것이다. 그러나 그들은 간 곳 없고, 파헤쳐진 아지트와 어지럽게 널려진 발자국만 남아 있을 뿐.

맥없이 바위에 걸터앉았다.

그 동안 힘겹게 아지트를 만들던 일, 그리고 무엇보다 아버지의 엄중한 경고 속에 심장이 거미처럼 새까맣게 타면서까지 하룻밤 자기 위해 준비해 온 일들이 주마등처럼 머릿속을 스쳐 지나갔다.

나는 분하고 허탈한 나머지 눈물만 주르르 흘렸다.

나는 그 자리를 떠나지 못했다.

나는 방울 져 흐르는 눈물을 손등으로 닦았다.

눅눅히 밀려드는 산안개 속에 멧새가 베– 벳쫑 울었다.

우리는 바다를 보러 갔다

백중기 선생님은 우리 마을에서 하숙을 하셨다. 전에도 여러 선생님이 우리 학교를 거쳐 갔지만, 이렇게 산골 마을에 방을 얻어 하숙을 하기는 선생님이 처음이었다.

선생님은 아버지보다 서너 살 아래인 삼십 대 초반이었다. 갸름한 얼굴에 검은 테 안경을 쓰고 계셨다.

나는 선생님이 우리 마을에서 하숙하는 것을 달갑지 않게 여겼다. 집에 와 놀다가 불쑥 선생님과 마주치기라도 하면, 나는 무슨 큰 잘못이라도 저지른 것 같아 가슴이 마구 뛰었다.

선생님은 아버지와도 친해져 호형호제呼兄呼弟 하는 사이

가 되었다. 두 분 모두 술을 좋아해 마을 잔치에서 친해진 것이다. 나는 아버지와 선생님이 친해진 것에 대해서도 좋지 않은 마음이었다. 내 학교 생활의 일거수일투족이 선생님을 통해 아버지 귀에 들어갈 것이 뻔했기 때문이었다.

그렇지만 좋은 점도 있었다. 선생님은 우리에게 그 동안 누구한테서도 듣지 못한 여러 가지 이야기를 들려 주셨다.

우린 선생님 이야기를 주로 선생님 하숙방에서 들었다. 나는 병근이나 경락이 그리고 남주, 이런 아이들하고 선생님 방에 자주 갔다. 선생님 하숙방에는 옷가지 몇 벌과 이부자리 한 채밖에 없었다. 책이나 잡지 같은 건 아예 없었다. 그런데도 선생님은 우리가 갈 때마다 늘 새로운 이야기를 들려 주셨다.

"니네들 바다에 가 본 적 있니?"

한 번은 바다에 대해 말문을 여셨다.

"바다요?"

우리는 약속이나 한 듯 눈을 동그랗게 뜨고 서로를 바라보았다.

"아뇨. 없어요."

우리 말에 선생님이 빙긋이 미소를 지었다. 그러면서 가만히 고개를 끄덕이셨는데, 아마도 자기 짐작이 틀리지 않아서 그러는 것 같았다.

"우리가 사는 땅을 지구라고 해. 그런데 지구의 약 70%는 바다로 덮여 있다."

선생님께서 이어 말씀하셨다. 바다는 날씨가 맑으면 진한 잉크 색이었다가 흐리면 잿빛, 노을이 지면 황금빛으로 변한다. 바람이 불면 파도가 치는데 그 파도가 어느 땐 집채보다 더 큰 때도 있다. 바닷물은 짠데, 그 바닷물을 염전이라는 곳에 끌어올려 햇볕에 말리면 하얀 소금이 나온다. 바다에는 갖가지 물고기가 사는데, 멸치나 새우처럼 조그만 것에서부터 고래처럼 덩치가 집채만 한 것도 있다.

"너희들은 눈만 뜨면 들이나 산에 가서 놀지? 나는 어려서 바닷가에서 놀았다."

선생님은 고향이 바닷가라고 했다. 그러면서 어렸을 때 바닷가에서 놀던 이야기와 책에서 보았다는 이야기를 해 주셨다.

"『노인과 바다』라는 책이 있는데, 거기 보면 늙은 어부 산티아고라는 사람이 나온다. 산티아고는 84일 동안 물고기를 한 마리도 잡지 못하다가, 85일째 되는 날 엄청

나게 큰 물고기를 잡게 돼. 얼마나 큰지 낚시에 걸린 고기가 오히려 배를 이리저리 끌어당길 정도였지. 그 물고기와 꼬박 이틀 간 사투를 벌여 결국 작살로 찍어 배에 매달고 오는데, 이번엔 오는 도중 상어 떼의 습격을 받아. 상어는 피를 보면 흥분해서 공격하는 습성이 있거든. 수십 마리 상어 떼가 달려들고 노인은 작살과 닻으로 상어와 싸우지만, 항구에 도착했을 때는 뼈만 앙상하게 남는다는 이야기야.”

나는 선생님 말씀을 들으며 산비둘기를 산 채로 잡았을 때만큼이나 가슴이 벌떡벌떡 뛰었다. 세상에! 집채만 한 파도는 무엇이고 고래와 상어는 또 무엇이란 말인가! 게다가 배를 끌고 다닐 정도의 큰 물고기라니!

“바다가 여기서 멀어요?”

내가 침을 꼴딱 삼키며 물었다.

“멀지.”

“얼마만큼 가야 해요?”

“글쎄다. 여기서 한참 가야 할 거다.”

“어느 쪽으로요?”

“서쪽. 여기서 가까운 건 서해 바다니까.”

“서쪽으로 가면 바다가 나오나요?”

“그래. 하지만 한참 가야 돼.”

“바닷가에 사는 애들은 뭐 하고 놀아요?”

“수영도 하고 파도도 타고.”

“파도요? 물에 안 빠져요?”

우리 모두 입을 모아 물었다.

선생님은 어려서 친구들과 같이 크고 튼튼한 널빤지를 가져다 바다에 들어가 밀려오는 파도에 맞서는 시합을 했다고 한다. 또 멀리 아득히 떨어져 있는 섬까지 헤엄쳐 갔다 오는 시합도 했다고 한다. 그러면서 마지막에 한 마디를 덧붙였다.

“바다는 사람을 강하게 만든다!”

선생님 말씀에 우린 완전히 바다에 사로잡혔다.

그날 이후 내 머리 속은 온통 바다 생각뿐이었다. 바람에 푸른 벼들이 넘실거리는 것만 보아도 바다 생각이 났다. 길을 가거나 학교에서 아이들과 놀 때에도 나는 내가 바다 속을 헤엄쳐 다니는 물고기처럼 느껴졌다. 나는 물속에서 숨을 쉬지 않고 얼마나 견딜 수 있나 시험해 보기 위해 일부러 대야에 물을 떠다 얼굴을 처박고 견뎌 보기도 하였다.

내겐 이상한 버릇이 있었다. 무엇인가 한 번 마음먹은 일은 무슨 일이 있어도 끝까지 해내야 했다. 그러지 않으면 안타까움과 조바심이 내 살을 잡아 뜯는 것 같아 어쩔 줄 몰라 했다.

바다만 해도 그랬다. 선생님한테 바다 이야기를 듣는 순간 나는 이미 바다를 보지 않으면 견딜 수 없는 사람이 되어 버렸다. 혼자 있는 시간이나 학교에서 공부하는 시간에도 나는 온통 바다 생각에 사로잡혀 있었다.

'서쪽으로 가면 바다가 나온다?'

'바다는 사람을 강하게 만든다!'

이 말이 귓가를 떠나지 않았다.

바다는 꿈속에까지 밀려들어 왔다. 꿈에서 나는 벌써 바닷가에 와 있었다. 집채만 한 파도에 휩쓸려 모래사장에 나뒹굴기도 하였고, 푸른 바다 저 멀리 분수 같은 하얀 물줄기를 뿜어대며 고래가 헤엄치기도 하였다. 피 냄새를 맡고 달려든나는 상어! 그놈의 이빨은 틀림없이 날카롭겠지. 소뿔

보다 단단하고 매 발톱보다 날카로울 거야.

나는 마을에서 가장 연로하신 할아버지에게 바다를 본 적이 있느냐고 물었다.

"바다? 글쎄다. 그러고 보니 나도 여태꺼정 바다를 한 번도 못 봤구먼."

나는 엄마한테도 물어 보았다.

"못 봤어. 바다가 다 뭐여! 태어나서 여태까지 이 산 고랑을 벗어나 보지 못했다."

갑자기 나는 바다를 보지 못한 사람은 다 시시하게 느껴졌다. 바다가 아닌 다른 것들은 모두 바람 빠진 풍선처럼 시들하기만 하였다. 이따금 엄마가 장에서 멸치나 생선 따위를 사오면, 나는 그것을 손에 들고 냄새를 맡아 보았다. 그러나 바다 냄새는 나지 않았다. 말로 표현하기 어려운 퀴퀴한 냄새가 날 뿐이었다.

'정말 바다는 어떻게 생겼을까?'

'바다를 보러 가자!'

말로만 들은 바다에 대한 호기심에 심장이 두근거려 밖으로 튀어나올 것만 같았다.

'바다를 봐야 해. 반드시, 꼭, 꼭, 꼭!'

나는 바다가 보고 싶어 심장이 오그라드는 것 같았다.

바다를 봐야겠다는 생각이 처음엔 새끼손가락 만하게 들더니, 나중에는 전봇대보다 더 커져 가슴을 뚫고 밖으로 튀어 나올 것만 같았다.

바다를 봐야겠다는 염원이 결국 우리를 바다로 내몰았다.

"학교 끝나고 무조건 가는 거야. 서쪽으로 가다 보면 나온다고 했으니까 바다가 나올 때까지 무작정 가는 거야."

내가 몸이 달아 아이들에게 말했다.

우린 곧장 준비에 들어갔다. 간식으로 먹을 것과 여벌의 옷도 준비했다.

"언제 갈 거야?"

병근이가 우리를 바라보며 물었다.

"안 돼, 너는."

병근이가 가겠다는 걸 내가 말렸다.

"왜 안 돼?"

"넌 집에 없으면 니네 아버지한테 혼나잖아."

내 말에 병근이가 할 말을 잃었다.

"너 집에 없으면 니네 아버지가 또 너를 때려 내쫓을지 모르잖아."

병근이를 걱정하는 마음에서 내가 다시 말했다. 병근이 얼굴이 불만으로 차갑게 굳어 있었다.

"같이 갈 수 있으면 같이 가자."

남주가 입을 열었다.

"야, 니가 모르고 하는 소리야. 애 아버지가 얼마나 무서운데."

사실 남주는 병근이가 아버지에게 맞고 쫓겨나는 모습을 본 적이 없었다.

"그렇다고 병근이만 빼놓으면 애는 뭐가 되냐?"

남주 말에 병근이 눈물을 글썽였다. 그의 입이 불만으로 뚜 불거져 나왔다.

우린 병근이와 함께 갈 것인지 결정해야 했다.

토요일.

학교가 끝나자 우린 서둘러 길을 떠났다. 나와 경락이 남주 이렇게 셋이서. 우린 신이 나 앞서거니 뒤서거니 걸으며, '초록 빛 바닷물에 두 손을 담그면' 같은 동요도 불렀다.

"야, 넌 바다에 도착하면 젤 먼저 뭐할 거야?"

"난 무조건 바다에 뛰어들 거야."

"난 야호 하고 소리칠 테야."

"야호는 산에서 하는 소리지."

"아무데서나 하면 어때."

"바다에 진짜 고래가 있을까? 집채만 한 고래가?"

"그건 암만해도 거짓말 같아. 진짜 그만한 물고기가 어딨냐?"

우린 너나없이 쫑알대며 길을 서둘러 걸었다.

한 시간도 넘게 산길을 걸어 읍내 장터에 이르렀다. 거기까지는 전에도 엄마를 따라 몇 번 와 본 적이 있었다.

장터는 한산했다.

장날 붐비던 그 많던 사람들은 다 어디로 갔을까. 옷감을 파는 곳도 생선을 파는 곳도, 길목마다 햇빛을 가리기 위해 쳐놓았던 차일도 온 데 간 데 없었다. 학교 운동장보다 조금 더 넓을 듯한 장터에 햇살만 쏟아져 눈이 부셨다.

"물 마시고 가자."

경락이가 말했다.

"물이 어딨는데?"

내가 말했다.

"한번 찾아볼게."

남주가 한 걸음 앞으로 나서며 골목으로 접어들었다. 우리들 얼굴은 이미 햇볕에 익어 벌겋게 달아올랐다. 감자와 오이로 점심을 때웠지만 뱃가죽이 등에 달라붙었다. 발바닥이 화끈거리고 굵은 땀방울이 이마에서 흘러내렸다.

골목을 지나 장터 끝머리에 이르자 우물이 보였다. 우린 두레박으로 물을 길어 정신없이 마시고 머리에 들이부었다.

장터를 지나면서부터 길을 알 수 없었다. 그래도 우린 서쪽으로 서쪽으로 해가 기우는 방향을 찾아 걸었다. 갈림길이 나오면 무작정 큰길을 택했다.

밭둑에 사람들이 나와 쉬고 있었다. 콩밭을 매던 사람들이었다. 우린 그들에게 다가가 바다로 가는 길을 물었다. 그러자 그들이 우리에게 대뜸 어디서 왔느냐고 되물었다.

우리가 주춤대며 말을 못하자,

"바다를 보러 간다고?"

그들 중 누군가가 말했다.

우리가 입을 모아 그렇다고 하자,

"진짜 얘네들 웃긴다! 이제 곧 해 떨어지는데 바다는 무슨 늪의 바다여."

그러면서 빨리 집으로 가라고 했다.

그러나 우린 그럴 수 없었다. 바다를 보기 전까지 누구도 돌아갈 마음이 없었다.

우리는 낯선 길을 계속 걸었다. 마을을 지나고 들을 지났다. 들길을 따라 걷다가 산모퉁이를 돌아가기도 했다. 산그늘이 점점 짙게 내려앉았다. 석양을 바라보고 걷는 우리들의 그림자가 나무 그림자처럼 길게 드리웠다.

해가 뉘엿뉘엿 질 무렵 우린 어느 야트막한 고개를 넘고 있었다. 해는 어느덧 서산마루에 걸려 황금빛 햇살을 뿜어대고 있었다. 얇고 잔잔한 구름에 저녁노을이 붉게 물들기 시작했다.

"어두워지면 어떡하지?"

경락이 목소리가 떨렸다.

"이 고개만 넘으면 마을이 나올 거야."

"마을이 나오면 뭐해. 잘 곳이 없잖아."

남주의 말에 순간 우리는 아무 말도 할 수 없었다.

'정말 어떡하지? 잘 데가 없으면?'

서로의 얼굴에 근심의 빛이 어렸다.

고개를 넘자 눈앞에 너른 들이 펼쳐졌다. 해는 이제 가뭇 없이 사라지고 붉은 노을만 서쪽 하늘에 가득 남았다. 좀처럼 마을이 나올 것 같지 않았다. 우린 그 자리에 멈춰 섰다. 앞으로 계속 갈 것인가 돌아갈 것인가를 정해야 했다.

"평대, 너 집에 가는 길은 알어?"

경락이가 나에게 말했다.

"집에 가는 길?"

그러고 보니 알 것 같기도 하고 모를 것 같기도 하였다. 날이 밝으면 쉽게 찾을 수 있겠는데 어두워지니 사정이 달랐다.

"어떡하지? 이제 곧 캄캄해질 텐데."

내 말에

"돌아가자."

남주가 말했다.

"바다는?"

"못 보는 거지."

"여기까지 왔는데 그냥 가?"

"그래도 어떡해."

우린 길가에 주저앉아 서로의 의견을 쏟아놓았다. 그러

나 의견을 결정할 충분한 시간마저 없었다. 저녁노을이 시나브로 옅어지면서 어둑어둑 땅거미가 내리기 시작했다.

내 눈에는 집채만 한 파도와 분수처럼 물을 뿜는다는 고래, 그리고 피 냄새를 맡고 달려든다는 상어 떼들이 어른거렸다. 바다는 사람을 강하게 만든다는 선생님 말씀도 귓가에 맴돌았다. 그러나 우리는 돌아가기로 했다. 어쩔 수 없었다. 어둔 밤길을 계속 걷기란 불가능한 일이었다.

금세 날이 어두워졌다. 구름 낀 하늘에 달이 떠 올랐다. 우린 누구도 먼저 입을 열지 않았다. 앞서 걷는 남주를 따라 터벅터벅 발걸음을 옮길 따름이었다.

이따금 새들이 날카로운 울음소리를 내며 밤하늘을 날았다. 그 때마다 우린 무서워 심장이 얼어붙는 것 같았다. 우린 우리가 가는 길이 낮에 온 길인지 아닌 지도 분간하지 못한 채 앞만 보고 걸었다.

배가 고파 현기증이 일었다. 물집이 터져 발바닥이 쓰렸다. 장딴지 힘줄이 캥겨 더 이상 걸을 수도 없었다. 주저앉고 싶었다. '지금쯤 집에선……', 이런 생각이 들자 먼저 엄마 얼굴이 떠올랐다. 순간 눈물이 핑 돌았다. 나는 터져 나오는 울음을 혀끝을 깨물어 뱃속으로 삼켰다.

멀리 희미하게 불빛이 보였다. 마을 입구에 다다랐으나 어느 마을인지 알 수 없었다. 어느 집은 문이 닫혀 있고, 어느 집은 마루에서 이야기를 나누는지 도란도란 말소리가 새어 나오기도 하였다. 우린 이 집 저 집 골목골목을 기웃거렸다. 우물이라도 찾아 물이라도 실컷 마시고 싶었다. 그러나 어두워서 어디가 어딘지 분간할 수 없었다.

"니들 여기서 뭐허냐?"

깜짝 놀라 돌아보니 어둠 속 어슴푸레하게 사람이 서 있었다. 키가 훌쩍 큰 것으로 보아 어른임에 틀림없었다.

"어둔디 집에 안 가고 왜 여기 있는겨?"

그 사람이 빨리 집에 가라며 우리들 틈을 비집고 앞으로 걸어 나갔다. 그때였다. 우린 누가 먼저랄 것도 없이 으앙! 울음을 터뜨렸다. 울음소리에 놀라 그 사람이 홱 돌아섰다.

"니들 누구니?"

그러면서 그가 몸을 낮춰 우리 얼굴을 자세히 들여다보았다.

"처음 보는 애들인디."

그가 따라오라며 누구냐고 다시 물었다. 그러나 우린 우느라고 정신이 없어 아무 말도 하지 못했다.

"니들 다 일루 와."

그가 앞장서 걸었다. 그가 대문을 밀치고 들어서면서 소리쳤다.

"나 봐, 잠깐 이리 좀 나와 봐."

문이 열리고 아줌마 한 분과 아이들이 우르르 뛰어 나왔다.

"애들이 누구유?"

아줌마가 깜짝 놀라 물었다.

"몰러. 이 위 골목에서 울고 있길래 데리구 왔어."

"가만, 애들 아까 낮에 봤던 그 애들 아뉴?"

아줌마가 허리를 굽혀 우리 얼굴을 자세히 살폈다.

"이, 그렇구먼. 아까 낮에 밭 매다 봤던 애들이구먼."

아저씨가 확신에 찬 소리로 말했다.

"근디 왜 애들이 거기서 울고 있었대유?"

"그건 나도 몰러, 워치게 된 일인지는."

"아무래도 안 되겠다. 니들 그만 울고 말부터 허야겄다."

아저씨가 마루에 걸터앉으며 말했다.

"니들도 이리 올라와 앉어."

아줌마와 아저씨가 우리 손목을 잡아끌었다. 우리가 마루턱에 엉덩일 붙이고 앉자, 그 집 아이들이 우리를 뚫어져

라 쳐다보았다.

"바다 보러 간다더니 결국 길을 잃은 모양이구먼."

그러면서 아저씨가 그렇지? 하며 다시 물었다. 우린 손등으로 눈물을 훔치며 고개를 끄덕였다.

"밥두 안 먹었지?"

아줌마가 말했다. 우리가 잠자코 있자,

"밥을 워디서 먹었겄어. 찬밥이라도 읎남?"

아저씨가 말했다.

"밥 남은 거 읎어유."

"이 위 가서 있으면 달래서 좀 가져와."

"요즘 밥 남게 하는 집이 워딨대유?"

"그래두 워치게 혀 봐. 애들이 밥두 굶고 허기져서."

아저씨가 아줌마에게 얼른 다녀오라고 말했다. 아줌마가 마지못해 집을 나섰다.

잠시 후 밥상이 차려졌다. 우린 울어서 눈이 퉁퉁 부었는데도 게 눈 감추듯 밥을 먹어 치웠다.

"애들은 저 방에다 재워."

"아부지, 그럼 우덜은 워디서 잔대유?"

"니들은 오늘만 안방서 자. 오늘만."

　　그러면서 아저씨가 자기 집 아이들을 안방에 몰아 넣고, 우리에게 윗방에 들어가 자라고 했다.

　　불이 꺼졌다.

　　집안이 괴괴한 어둠에 잠겼다.

　　경락이와 남주는 눕자마자 곯아떨어졌다. 나는 발바닥이 화끈대고 허리가 아파 잠이 오지 않았다. 집 생각이 너무 간절하게 났다. 엄마 얼굴이 떠올랐다. 나를 찾느라 애를 태우고 있을 엄마 생각에 눈시울이 젖어 왔다. 엄마에게 미안했다. 한 마디 말도 없이 집을 나와 죄송하기까지 했다. 그러나 아버지. 아버지 얼굴이 떠오르면서 나는 나도 모르게 눈을 질끈 감아 버렸다. 아마도 아버지는 나를 보면 말도 없이 집을 나갔다고 빗자루로 등짝을 후려칠지도 몰랐다.

　　안방에서 아저씨와 아줌마의 말소리가 들렸다.

　　"참, 별난 애들도 다 있어. 바다는 뭔 늠의 바다를 보겠다고 집을 다 나와. 여태까지 나도 못 보고 살았구면."

　　두 사람 말소리가 두런거리다 어느 순간 뚝 멈추었다. 그리고 이내 코 고는 소리. 정적이 짙게 쌓인 어둠 속에서 나는 엄마 아버지 그리고 동생들 얼굴을 하나하나 떠올리며 훌찍거렸나.

몸을 뒤척이며 돌아누워도 잠이 오지 않았다.

명고장

봄 햇살에 쌀밥 같은 윤기가 자르르 흘렀다. 파란 하늘에 흰 구름이 흐르고, 나뭇잎마다 초록물이 새록새록 들었다.

나는 마당귀 그늘에 앉아 철사를 돌에 문지르고 있었다. 전부터 벼러 온 개구리 낚시를 만들기 위해서였다. 철사를 문지르자 뜨거운 열기가 손에 전해졌다. 철사를 살펴보았다. 바늘처럼 끝이 뾰족해야 하는데 한쪽만 너무 갈렸다. 다시 갈았다. 그러면서 대문 쪽을 힐끔거렸다. 병근이가 오기로 했는데 아직 오지 않아서였다.

철사가 다 갈리자 끝을 동그랗게 구부렸다. 그런 다음 실을 매달아 나무 막대에 묶었다. 나는 막대 끝을 잡고 바늘을 늘어뜨려 보았다. 땅에 닿을까 말까 한 바늘이 은빛으로 대롱거렸다.

이제 미끼만 있으면 되었다. 미끼는 파리가 제격이었다. 나는 눈에 띄는 대로 파리를 때려잡았다. 너무 세게 내리쳐 으깨지면 안 되었다. 살살 알맞게 쳐서 파리의 형체가 남아 있어야 했다.

때려잡은 파리 중엔 얼마 안 있어 끄물끄물 되살아나는 놈도 있었다. 배가 터져 허연 실밥 같은 창자가 비어져 나왔는데도 기어 다니는 놈들을 보면 징그럽다 못해 무섭기까지 했다. 그러나 그렇다고 봐주는 건 아니었다. 그런 놈들은 아예 후려 때려 납작하게 만들어 버렸다.

한참 파리 잡기에 열중하고 있는데 병근이가 왔다. 병근의 손에는 청개구리가 들려 있었다. 병근이는 거미든 사마귀든 닥치는 대로 잡아 장난감으로 갖고 놀았다. 그의 낯빛이 어두웠다. 무슨 걱정이 있는가 보았다.

"니네 아버지 집에 있어?"

나는 병근이 얼굴에 그늘이 지면 먼저 병근이에게 아버지가 집에 있는지부터 물었다. 병근이 아버지가 집에 있으면 병근이가 마음 놓고 나와 놀 수 없기 때문이었다.

“아니.”

“어디 갔어?”

“일하러.”

병근이가 청개구리를 손바닥에 놓고 아무렇지도 않게 손으로 꾹 눌러 죽였다.

“이 정도면 되겠지?”

잡은 파리를 보여 주자 그가 고개를 끄덕였다. 나는 마루 밑에서 플라스틱 통을 꺼냈다. 개구리를 잡아 담을 그릇이었다.

들로 향했다.

논엔 논물이 가득하고 모내기한 벼들이 뿌리를 내려 바람에 흔들렸다. 우북히 자란 풀숲 사이사이 빨갛게 뱀딸기가 익고 있었다. 훈훈한 바람에 달큼한 배꽃 향기가 코에 스몄다.

병근이가 나무 회초리로 풀숲을 툭툭 쳐댔다. 개구리를 튀겨 내기 위해서였다. 한 놈이 용수철처럼 펄쩍 뛰어올랐다. 그렇게 몇 번 더 펄쩍거리더니 명아주 줄기 옆에 앉았다. 연초록 등에 가느다란 흰 줄이 있고, 흙빛 다리에 물갈퀴가 달린 놈이었다. 숨을 할딱거리느라 턱 밑 울음주머니가 오르락내리락거렸다. 우리가 숨을 죽이고 가만 쏘아보자 녀석도 의심 반 호기심 반으로 그대로 앉아 있었다.

예전 같으면 지금 바로 때려잡았을 것이다. 그러나 이제 그게 아니다. 나는 녀석이 도망가지 못하도록 조심하면서 낚시 바늘에 파리를 꿰었다. 그런 다음 녀석의 눈앞에 가만히 줄을 드리웠다.

처음 녀석은 아무 것도 보지 못하는가 보았다. 앉은자리에서 미동도 하지 않았다. 그러다 낚시 줄을 조금 흔들자 먹이를 발견한 녀석이 펄쩍 뛰어올라 한입에 파리를 덥석 물었다.

얏호! 나와 병근이가 환호성을 질렀다. 줄 끝에 대롱대롱 매달린 개구리가 묵직했다. 잡아 보니 손에 가득 들어차는 놈이다. 낚시 바늘이 주둥이에 꿰어 빠지지 않았다.

우린 그렇게 한나절이 넘도록 논두렁을 훑으며 개구리를 잡았다. 서너 마리만 잡으면 되었으나 잡는 재미에 미쳐 우린 한 통 가득 잡았다.

개울로 갔다.

개구리 중 제법 크다 싶은 몇 마리를 골라 허리를 끊어 냈다. 우린 도막 난 개구리 상체는 가차 없이 버렸다. 다리 껍질을 벗겼다. 껍질이 미끈거려 잘 벗겨지지 않았다. 우린 뼈에 붙은 살을 발라내 호박잎에 가지런히 놓았다. 매일 되풀이하는 일이기에 그 일을 능숙하게 처리했다.

뒷다리 살을 가지고 뒤꼍에 갔다. 그곳에 우리의 보물 새매가 있었다. 어린 새끼 두 마리였다. 마을 앞산 갈참나무 둥지에서 꺼내온 것이다. 인기척이 나자 녀석들이 벌써부터 깟깟거리며 울부짖었다.

우린 새매를 작은 종이 상자에 넣어 두었다. 상자 위에 배꽃이 하얗게 떨어져 쌓여 있었다. 인적이 드문 뒤꼍에 배꽃이 쌓여 화사한 이불을 깔아 놓은 것 같았다.

해마다 봄이 되면 마을은 바람에 날리는 꽃잎으로 꽃 천지를 이루었다. 집 뒤나 골목 심지어 산에 있는 나무에서조차 꽃잎이 휘날려 한겨울 눈보라보다 더 하얀 꽃보라를 이루었다. 벚꽃이 지고 나면 아카시아 꽃향기가 묻어 오고, 뒤

이어 살구나무 복숭아나무에서 퍼져 나온 꽃향기가 닝닝거리는 벌들을 불러 모았다.

보얗게 쌓인 배꽃을 쓸어 내며 종이 상자를 열었다. 새매 새끼들이 주둥이를 딱딱 벌리며 아우성쳤다. 어린것들이 먹이를 가져왔다는 걸 벌써 안 것이다. 개구리 살점을 집어 들자 대가리를 치켜들고 서로가 먹겠다고 아우성이다.

번갈아 가며 개구리 살점을 주었다. 먹이를 받아 문 그것들이 한 입에 삼키느라 고개를 주억거렸다. 이런 기세라면 뼈를 바르지 않고 통째로 주어도 넉넉히 삼킬 것이다. 주먹만 한 크기에 부리와 눈알이 흑옥처럼 까맣고, 몸은 하얀 솜털로 덮여 있다. 이제 조금 있으면 날개부터 굵고 억센 털이 돋아나리라.

먹이를 다 받아먹은 녀석들이 엉덩이를 치켜들고 뒤뚱뒤뚱 뒷걸음질 쳤다. 그러다 똥을 찍 깔겼다. 새매는 똥을 쌀 때 엉덩이를 위로 번쩍 들고 물총을 쏘듯 똥을 찍 깔겼다. 그러면 똥이 네댓 뺨도 더 되게 뒤로 쭉 뻗어 나갔다. 우린 깜짝 놀라 일어나 마주보고 웃었다. 녀석들의 똥 싸는 모습까지도 우리 눈엔 더 없이 예쁘고 사랑스러워 보였다.

개구리 낚시는 계속되었다. 나는 낚시질에 미쳐 하루 종일 들판을 헤집고 다녔다. 엄마는 닭이 개구리를 먹으면 알을 잘 낳는다며 나의 소행을 짐짓 모르는 체하였다. 그러나 아버지는 달랐다. 학교에서 집에 오기 바쁘게 가방을 내던지고 밖으로 달아나는 나에게 아버지는 늘 싸늘한 눈빛으로 경고를 보내왔다.

그러나 아무리 아버지가 무서워도 개구리 낚시를 중단할 수는 없었다. 새매를 먹여 살리기 위해서는 부지런히 개구리를 잡아 와야 했다. 나는 그 날 잡은 개구리 중 몇 마리는 늘 통 속에 남겨 두었다. 다음 날 비가 온다든가 혹 무슨 일이 있어 개구리를 잡지 못할 것에 대비하기 위해서였다.

감꽃이 하얗게 필 무렵, 새매도 부쩍 자랐다. 몸에 난 하얀 솜털은 자취 없이 사라지고, 그 자리에 검고 뻣뻣한 털이 돋았다. 부리와 발톱은 다른 맹금류처럼 날카롭고, 작고 단단한 머리엔 짧으면서도 촘촘한 털이 억세게 돋았다.

나는 갈수록 억세고 늠름해지는 새매에게 이름을 지어 주고 싶었다. 몇 날 며칠을 고민했다. 그러다 한 가지 그럴 듯

한 이름을 떠올렸다.

명교장!

아무리 생각해도 이보다 더 좋은 이름은 없어 보였다. '명'은 유명하다는 말에서, '교장'은 지금까지 내가 본 사람 중에서 가장 높은 사람이 학교 교장이라는 점에서 그렇게 지은 것이다.

명교장이 자라자 녀석을 넣어 둘 새장이 필요했다. 나는 병근이와 의논한 끝에 학교 토끼장을 훔쳐 오기로 했다. 학교에는 화단에 놓아 둔 토끼장이 여러 개 있었다. 반마다 아이들이 토끼를 길러 판 돈으로 저축을 했는데, 아직 토끼를 사다 넣지 않아 토끼장은 비어 있었다.

"어떻게 가져오지?"

내가 걱정스레 말했다. 보는 사람만 없다면 들고 와도 되겠지만 학교에는 선생님도 계시고 아이들도 있지 않은가. 또 학교에서 집에까지 오는 동안 마을 사람들 눈은 어떻게 피한단 말인가.

아무래도 묘안이 떠오르지 않았다.

"일요일 새벽에 가져오면 어때?"

"일요일 새벽?"

"응. 그때도 사람 눈에 띌까?"

"그럼."

"밤에는?"

"밤에?"

그러나 우린 둘 다 머리를 가로저었다. 사람 눈에 띄지 않아 좋긴 하겠지만, 나나 병근이나 밤에 학교까지 가서 그걸 가져올 용기가 나지 않았다.

"이렇게 하자."

병근이가 내 귀에 대고 속삭였다. 우린 학교에서 쉬는 시간에 토끼장 하나를 분리하기로 했다. 그런 다음 철망은 철망대로 판자는 판자대로 하나씩 들고 오기로 했다.

아무리 생각해도 좋은 묘안이었다. 그러니까 그렇게 분리해서 가져온 후 집에서 다시 짜 맞추자는 것이다.

일이 순조롭게 진행되었다. 학교에서 우린 토끼장을 때려 부쉈다. 쉬는 시간에 장난하듯 했기에 누구도 우리를 의심하지 않았다. 토끼장은 의외로 쉽게 부서졌다. 나무판자에 철망을 댄 것이어서 발로 차자 쉽게 분리되었다. 우린 나무판자와 철망을 일부러 다른 사람들에게 보여 주기라도 하듯 덩덩하게 집으로 샂다 놓았다.

이제 짝 맞추는 일만 남았다. 나와 병근이는 학교가 끝나자마자 뒤도 돌아보지 않고 집으로 왔다. 네모반듯한 새장에 명교장이 들어 있는 모습을 상상하면 잠시도 머뭇거릴 수 없었다. 우린 가방을 마루에 집어던진 후 곧바로 뒤꼍으로 갔다. 그런데 앗! 이게 웬일인가. 우리를 보고 날개를 퍼덕이며 요동쳐야 할 녀석들이 피투성이가 되어 쓰러져 있지 않은가. 한 마리는 완전히 땅바닥에 쓰러져 있고 다른 한 마리는 벽에 기대어 섰는데 머리에 피가 낭자했다.

나는 그 자리에 얼어붙었다.

세상에 어떤 놈이 이런 짓을!

나는 숨을 거칠게 몰아쉬며 쓰러진 새매를 집어 들었다. 아무 움직임이 없었다. 머리가 옆으로 힘없이 툭 떨어졌다. 죽어 있었다. 다른 한 마리를 보니 머리털이 다 뽑히고 살갗이 찢겨 피가 흐르고 있었다.

"누가 이런 거야?"

내 목소리가 절규에 가까웠다. 나도 모르게 눈물이 핑 돌았다. 나는 무슨 단서라도 찾을까 하여 주위를 샅샅이 살폈다. 바닥에 쌓인 배꽃이 어지럽게 흩어져 있었다.

"쥐나 고양이가 아닐까?"

병근이가 말했다.

"쥐? 대낮에 쥐가? 그리고 고양이라면 왜 안 물어 갔지?"

황당한 일이었다. 그러나 무엇이 그랬는지를 따지기보다 살아남은 한 마리를 살리는 일이 더 급했다. 녀석을 다시 살폈다. 날개깃에 흙이 잔뜩 묻어 있고 머리가 벗겨져 피딱지가 굳어 있었다.

녀석을 안고 뛰었다. 마을에, 약방은 아니지만 약방처럼 약을 갖다 놓고 파는 집이 있었다. 그곳에 가 약을 발라 줘야겠다고 생각했다. 사람에게 바르는 약이 새에게도 들을지 어떨지는 모른다. 그러나 우선 그것이라도 발라 줘야 살 수 있을 것 같았다. 우린 새매에게 최대한 충격이 가지 않도록 두 손으로 감싼 채 달렸다. 그러나 그 집에 사람이 없었다. 이대로 두면 죽을지도 모른다.

"어떡하지?"

병근이가 숨을 헐떡거리며 말했다.

"읍내까지 가야지."

내가 말했다.

"읍내? 언제 거기까지 가? 갔다 오면 밤일 텐데."

"그래도 할 수 없어."

그러면서 내가 병근이를 빤히 쳐다보았다. 같이 가겠냐
는 물음이었다. 솔직히 혼자 읍내까지 갈 자신은 없었다. 그
곳에 가려면 산을 두 개나 넘어야 했다.

"가자!"

병근의 말에 우린 선 채로 달렸다. 숨이 턱에까지 차올랐
다. 이마에 땀이 비 오듯 쏟아졌다. 그러나 잠시도 쉴 수 없
었다. 우리가 어떻게 하느냐에 따라 손안의 생명이 죽기도
하고 살기도 한다.

달리는 동안 울음이 터져 나왔다. 소리 내어 울지는 않았
지만 쏟아지는 눈물에 앞이 잘 보이지 않았다. 두 손에 새매
를 감싸쥐고 뒤뚱거리며 달리는데 가슴이 타는 것처럼 쓰렸
다. 내 머리 속에는 새매가 무사해야 할 텐데 하는 생각과 이
지경으로 만들어 놓은 놈을 찾아 반드시 복수하고 말리라는
다짐이 마구 뒤엉켰다.

나와 병근이는 쉬지 않고 달렸다. 돌 자갈에 발이 채여 몇
번이나 고꾸라질 뻔했는지 모른다. 병근이는 개울을 건너다
발을 헛딛어 물속에 첨벙 빠지기도 하였다.

읍내에 도착했다. 약국의 약사가 약을 발라 주며 말했다.

"글쎄다. 상처가 아물지 어떨지는 두고 봐야 하겠지만,

아무튼 너희들 정성이 갸륵하다.”

돌아오는 길, 우린 둘 다 지쳐 있었다.

갈 때는 한달음에 달려갔지만 올 때는 몸이 천근만근이었다. 배고픈 건 둘째 문제였다. 장딴지 힘줄이 캥겨 걷기조차 힘들었다.

집에 오면서 곰곰이 생각해 보았다.

‘어느 놈이 이따위 짓을 했을까?’

나는 처음 뒤꼍에 도착했을 때의 장면을 머리 속에 떠올렸다. 그러면서 골똘히 생각에 잠겼다.

‘떨어진 꽃잎들이 마구 흩어져 있었지? 그리고……?’

그뿐이었다. 그것밖에 생각나는 게 없었다. 죽어 있던 한 마리와 겁에 질려 입을 반쯤 벌리고 헐떡거리던 다른 한 마리.

땅거미가 지고 있었다.

우린 아무 말도 하지 않았다.

마을에 돌아와서야 배가 등가죽에 붙어 꼬르륵거리는 소리가 났다. 병근이나 나나 땀 식은 이마에 소금이 사륵사륵 말라 있었다. 나는 병근이가 집에 들어가는 걸 보고 우리 집으로 향했다. 손 안에서 밍교장이 바들바들 떨고 있었다.

집에 도착했다.

그런데 낌새가 이상했다.

담장 밖으로 아버지의 메마른 고함소리가 들렸다. 순간 몸이 움찔 움츠러들었다. 담 밑에 바짝 달라붙었다. 무릎걸음으로 살금살금 기어가 집안을 살폈다. 그런데 이건 또 웬일인가. 방문이 활딱 열려 있고, 마당에 내 책과 공책이 마구 널려 있는 게 아닌가.

"이 늠의 새끼. 허라는 공부는 안 허고 허구헌 날 싸돌아댕기만 혀!"

아버지의 분노가 폭발한 것이다. 아버지의 눈이 분노로 이글거렸다.

"들어만 와 봐! 내 이 자식 다리몽댕이를 분질러 놓을 텡게."

그러면서 아버지가 마당으로 뛰어나와 책을 북북 찢었다. 분기를 참지 못하는 아버지의 숨소리가 마당 밖에까지 들렸다.

나는 순간 몸이 오그라들었다. 지금 만약 아버지 눈에 띈다면? 이런 생각을 하자 나도 모르게 몸서리가 쳐졌다. 보나마나 타는 불에 기름을 끼얹는 격이요, 나는 최소한 중상 아니면 사망일 것이다.

　나는 담 밑에 숨은 채 주위를 살펴보았다. 해는 이미 서산 너머로 꼴딱 넘어갔다. 서쪽 하늘에 타다 남은 노을의 띠가 붉게 서려 있을 뿐, 시나브로 주위가 어두워져 갔다. 난감했다. 그야말로 진퇴양난이었다. 지금 들어가면 반쯤 죽음일 게 틀림없고 그렇다고 담 밑에 숨어 있자니 그것도 못할 짓이었다. 그때였다.

　"평대 그 자식 집에 오면 혼내고, 오늘은 인자 그만 혀유."

　엄마가 부엌에서 나오며 말했다. 그러나 아버지는 엄마 말에 더욱 목소리를 높이며 길길이 날뛰었다. 가방을 두엄 더미에 내동댕이치고 책을 가져다 아궁이에 처넣었다.

　"그러니, 무슨 귀신이 붙어서 그렇게 싸돌아 댕기는겨."

　아버지 역성을 들어가며 엄마가 말했다. 엄마 말에 나는 나도 모르게 눈물이 핑 돌았다. 아버지가 하는 행동에는 반발심마저 들었는데, 엄마 말에는 죄책감 같은 게 느껴졌다. 나는 마음이 조마조마해 손에 명교장을 들고 있다는 사실조차 잊고 있었다.

　아버지의 분노기 쉬 잦아들 것 같지 않았나. 아버지는

마당에 널려진 책과 공책을 쓸어다 다시 아궁이에 집어넣었다.

"이늠의 새끼, 내 다시 핵교 보내나 봐."

"지금까지 집에 붙어 앉아서 공부 한 자 하는 꼴을 못 봤으니께."

엄마가 아버지를 달래고 아버지는 달래는 엄마에게 역증을 내었다.

꽃그늘처럼 깔린 노을도 시나브로 지고 사방에 어둠이 몰려왔다. 어둠은 골목의 감나무 밑동부터 서서히 지우더니 어느덧 산과 하늘의 경계마저 지워 버렸다.

'어디로 가지?'

나는 너무 오래 쪼그려 앉아 발을 절뚝거리며 일어섰다. 내동댕이쳐진 책과 공책들이 죽은 비둘기의 날개처럼 어두워지는 마당에 처참히 널려 있었다.

'외갓집에 갈까?'

그러나 그곳은 마땅치 않았다. 우선 새매를 안전한 곳에 두어야 하는데 외갓집은 그러기가 쉽지 않았다. 허기진 몸에 어슬어슬 한기가 밀려왔다. 가래톳이 섰는지 걸음을 옮길 때마다 사타구니가 뻑뻑하게 땡겼다. 하는 수 없이 병근네 집으로 발걸음을 옮겼다.

"니네 아버지 집에 없어?"

내가 조심스럽게 물었다. 병근이가 그렇다며 고개를 끄덕였다. 광산에 한 번 나가면 하루 이틀 자고 오는 건 예사라고 했다.

나는 우리 아버지도 병근이 아버지처럼 며칠씩 집에 없었으면 좋겠다고 생각했다.

병숙이가 삶은 감자를 가져왔다.

"먹자."

병근이가 감자를 껍질째 뭉떵 베어 물었다. 나도 한입 가득 물었다. 아릿한 맛이 입안 가득 감돌았다. 감자 몇 개를 걸귀처럼 우겨 넣고 물을 마셨다.

명교장이 걱정되었다. 명교장도 나처럼 하루 종일 물 한 모금 먹은 게 없었다. 상자를 열어 보니 녀석이 머리를 날개 깃에 처박고 졸고 있었다. 그대로 두면 죽을지도 모른다. 불빛에 보니 머리의 피가 까맣게 굳어 있었다.

밤이라 개구리도 잡을 수 없었다. 집에 가면 몇 마리 있지만 그림의 떡일 뿐이다. 혹시나 하는 마음에 감자에 붙은 보리밥알을 떼어 수었다. 몇 날 톡톡 찍어 보더니 이내 고개를 돌렸다. 나는 아버지에게 혼날 일보다 아무 것도 먹지 않은 명교장이 더 걱정되었다.

그렇게 얼마쯤 지났을까? 엄마 목소리가 들렸다. 엄마는 방안에 있는 나를 끌어내며, 기가 막혔던지 손바닥으로 내 어깨를 후려쳤다.

"넌 누굴 닮아서 이렇게 속을 썩이냐?"

엄마가 종주먹을 들이대며 목안소리로 말했다. 저녁 먹을 때까지 기다려도 오지 않아 찾아 나온 것이라고 했다. 엄마가 내 손을 잡고 억지로 끌다시피 집으로 데려 갔다. 아버지가 나를 보자 눈을 부라리며 대뜸 뒤통수를 후려쳤다. 눈에서 불이 번쩍 튀었다. 엄마가 빨리 아버지한테 빌라고 했다.

아침에 일어나자마자 나는 병근네로 달려갔다. 병근이와 병숙이는 자고 있고 상자는 마루에 그대로 있었다. 뚜껑을 열었다. 명교장이 안에 죽은 듯이 있었다. 나도 모르게 한숨을 쉬며 가슴을 쓸어내렸다. 간밤에 혹 죽지 않았을까 하여 얼마나 가슴 졸였는지 모른다.

가만히 명교장을 꺼내 손바닥에 놓았다. 녀석이 날개를 퍼덕이며 깟깟 울부짖었다. 동그란 눈이 흑옥 같이 검었다. 갈고리처럼 굽은 발톱으로 손바닥을 꽉 움켜쥐었다. 억센 발톱의 힘이 짱짱하게 느껴졌다. 머리를 살펴보니 피가 굳어 피딱지가 앉았다.

명교장을 안고 집에 왔다. 아직 해도 뜨지 않은 이른 시간이었다. 그런데 이게 웬일인가! 홰에서 내려온 닭 가운데 수탉 한 마리가 뒤꼍에서 어슬렁대지 않는가. 가까이 가자 놈이, 꼭- 꼬 하며 경계의 빛을 띠었다. 순간 저 놈이다, 저 놈의 짓이다, 하는 생각이 불꽃처럼 번뜩였다.

부르르 몸이 떨렸다.

그제야 일의 내막을 알 수 있었다.

그러니까 내가 없는 사이 저 놈의 닭이 뒤꼍으로 가 어린 명교장을 쫀 것이다. 땅바닥에 배꽃이 마구 흩어져 있던 것도, 명교장이 흙투성이가 되어 나뒹군 것도 다 저 놈의 닭 때문에 그리 된 것이다.

저 닭을 쳐 죽이고 싶었다. 나는 명교장을 바닥에 놓고 나무더미에서 손에 꽉 차는 몽둥이 하나를 빼들었다. 살금살금 디가가자 놈이 눈치를 챘는가 보았다. 모가지를 쭉 빼고 눈알을 두릿두릿 굴리며 주위를 살폈다. 잡아먹어도 시원찮을 놈, 뒈져라 이놈의 닭! 나는 있는 힘을 다해 몽둥이를 던졌다. 그러나 몽둥이에 미처 맞기도 전에 놈이 날개를 활짝 펴 공중으로 겅중 솟구쳤다. 그러더니 이내 비명을 내지르며 걸음아 나 살려라 도망쳤다.

　나는 분김에 주먹을 부르르 떨었다. 언젠가 이 원수를 꼭 갚으리라 다짐하며 명교장에게 개구리를 던져 주었다. 주먹만 한 먹개구리였다. 개구리가 멋도 모르고 펄쩍펄쩍 뛰었다. 그러는 걸 명교장이 노려보다가 어느 순간 휙 날아올라 잽싸게 덮쳤다. 북두갈고리 같은 발톱으로 등을 움켜쥐고 개구리가 뛰는 대로 같이 뛰어올랐다. 미쳐 날뛰는 야생마에 올라탄 노련한 말몰이꾼 같았다. 날개를 폈다 접었다 하며 같이 풀쩍풀쩍 뛰어올랐다. 그 바람에 땅바닥에 깔린 꽃잎이 바람에 날리듯 하얗게 날아올랐다.

　아직은 어려 개구리를 낚아채 하늘로 날아오르기에는 힘이 부족했다. 그렇긴 해도 이젠 아무리 큰 개구리라도 찢어 먹을 만큼 부리와 발톱이 억세고 날카로웠다. 깟깟 울부짖으며 날개를 퍼덕이더니 어느 순간 개구리눈을 콱 찍었다. 그러는 모습이 매섭고 앙칼지다. 녀석들은 언제나 산 것을 덮치면 서두르지 않고 포획물을 발톱으로 움켜쥐고 있다가 절호의 기회에 눈부터 찍어 버렸다.

눈알이 빠진 개구리가 앞뒤 분간 못하고 미쳐 날뛰었다. 모질음을 써대며 버르적거리지만 이미 늦었다. 그 다음 찍은 곳이 목 아래 울음주머니. 이곳은 껍질이 약하고 숨통이 있어 한 번 찍히면 개구리는 그것으로 끝이었다. 눈알이 빠지고 목이 찢긴 개구리가 물에서 나온 물고기처럼 퍼덕거렸다.

잠시 후 먹개구리 한 마리가 뼈만 남은 채 흔적도 없이 사라졌다. 녀석은 아직도 배가 고픈지 양 날개를 꼬리 쪽에 찰싹 올려붙인 채 머리를 갸웃대며 나를 바라보았다.

여름방학이 시작되었다. 명교장은 이제 완전히 다 커서 새장에 가둘 수 없는 지경이었다. 나는 매일 병근이와 함께 개구리를 잡아다 던져 주었다. 작은 개구리를 던져 주면 명교장은 단번에 꿀꺽 삼켰다. 큰 개구리도 마찬가지였다. 발톱으로 움켜쥔 개구리를 두 날개로 가린 후 먼저 눈알부터 파먹고 그런 다음 목울대를 찢었다.

　나는 전에 당했던 복수를 하기로 마음먹었다. 나는 명교장을 공격한 수탉을 잡아 닭장에 가둔 후 그곳에 명교장을 집어넣었다. 닭장 안에서 그 못된 수탉을 원 없이 유린해 보라는 뜻에서였다. 그러나 이상하게도 명교장은 닭을 공격하지 않았다. 공격은커녕 오히려 멀리 떨어져 울부짖기만 했다. 마음 같아서는 전에 당했던 것 이상으로 날카로운 부리와 발톱으로 닭을 공격했으면 싶은데, 그러나 닭은 닭대로 매는 매대로, 언제 그런 일이 있었느냐는 듯 서로 모르쇠하고 있었다.

　그런 어느 날.

　학교에서 와 보니 명교장이 사라졌다. 새장 문이 열려 있고 발목에 묶인 끈이 끊어져 있었다. 누군가 훔쳐간 것이 분명했다. 사람이 아닌 이상 밖에서 닫아 놓은 새장 문을 열 수는 없었다.

　맥이 탁 풀렸다. 서늘한 전율이 등줄기를 타고 흘렀다. 대체 누가 한 짓일까? 분명 누군가가 뒷담을 넘어 들어와 도둑질해 간 게 틀림없었다. 나는 이 사실을 병근이에게 알렸다. 병근이가 황급히 달려 왔다.

"어, 정말!"

그가 믿기지 않다는 듯 말했다.

"누가 그랬지?"

그가 열려진 새장 문을 만지작대며 말했다. 봄부터 지금까지 그토록 정성을 다해 키운 우리의 보물이 이렇게 한순간에 사라져 버리다니.

"찾아보자."

내 말에 울음이 묻어났다. 그러나 딱히 가 볼 곳도 없었다. 우린 뒤꼍과 골목 그리고 집 뒤 산까지 샅샅이 찾아보았다. 그러나 없었다. 명교장의 그림자조차 찾을 수 없었다.

들로 나갔다. 하염없이 들길

을 서성이며 찾아보았지만 흔적조차 없었다. 논가 둠벙에 개구리밥이 도른도른 떠 있었다.

하늘에 이름 모를 새 한 마리 날고 있었다. 까만 점이 되어 가물가물 날고 있는 새. 새는 푸른 하늘에 자맥질하듯 보이다 보이지 않다를 반복하다 어느 순간 시야에서 영원이 사라져 버렸다.

저 새가 혹 명교장이 아닐까 싶었다. 비좁은 새장에서 벗어나 푸른 하늘을 박차고 올라 그들만의 세계로 날아가기 전, 마지막으로 나에게 작별 인사를 하고 있는 것 같았다.

나는 한없이 푸르기만 한 하늘을 올려다보았다. 새는 그렇게 날아가고, 나는 금방이라도 눈물이 쏟아질 듯 눈시울이 서물거렸다.

이상하게 사람을 홀리는 이야기

하늘로부터 불어온 바람이 산등성이를 타고 내려와 감나무 가지에 자잘한 파도소리를 내며 부서졌다. 그런 날이면 우리 집 뒤꼍에 노란 감꽃이 보얗게 쌓였다. 감꽃은 반지처럼 동글고 부드러웠다. 나는 흙이 묻지 않은 깨끗한 것들을 주워 작은 바구니에 담았다. 춘자 누나에게 갖다 주기 위해서였다.

누나는 무엇보다 감꽃을 좋아했다. 꽃잎을 입에 물고 입술을 뾰족이 내밀어 휘파람을 불기도 했고, 가지런히 실에 꿰어 목에 걸기도 하였다. 그럴 때면 늘 창백하기만 한 누나의 얼굴에 연분홍 꽃물이 배어 나오기도 하였다.

나는 감꽃을 들고 누나한테 갔다. 누나 집은 마을 외딴 곳에 있었다. 우리 집에서 가려면 개울 건너 산으로 이어지는 길을 따라 한참 가야 했다.

누나는 누나 엄마와 둘이 살았다. 그 외 다른 식구는 없었다. 나는 그것이 궁금하여 엄마에게 물어 보았다. 그러나 엄마도 그 집 식구에 대해서는 모른다고 하였다.

누나는 걷지를 못했다. 일어서지도 못했다. 앉은뱅이였다. 엄마 말에 의하면 어려서부터 그랬다고 했다. 그런 누나가 마루에 나와 볕 바라기 하는 모습은 한 마리 작은 새와 같았다. 작고 앙증맞은 새. 두 눈과 긴 머리칼만 흑진주 같이 까맣게 반짝이는 새.

누나의 살결은 아카시아 꽃잎보다 더 희고 보드라웠다. 양 볼과 손등은 살이 올라 보동보동했고, 웃을 때 살짝 드러나는 이가 차돌처럼 희었다. 머리가 길어 허리까지 닿았는데, 누나는 그 긴 머리를 목 뒤 어깨쯤에서 손수건으로 한 번 질끈 묶어 놓았다.

누나는 나 외에 만나는 사람이 없었다. 늘 혼자였다. 누나 엄마가 있었지만 들에 나가 일하느라 낮에는 집에 누나 혼자 있었다.

문을 밀고 들어서자 누나가 나를 보고 배시시 웃었다. 조붓한 마당에 봄 햇살이 푸지게 쏟아져 내렸다.

"어서 와."

누나가 말했다.

"어머, 이 감꽃 어디서 났어?"

"우리 집에서요."

"너네 집 감나무 많으니?"

"하나밖에 없어요."

누나가 감꽃 바구니를 마루에 쏟았다. 왕관처럼 속이 빈 감꽃들이 화사하게 빛났다. 두 개씩 포갬포갬 세고 있던 누나가 그 중 큰 것을 집어 가운데손가락에 끼웠다. 손가락이 커서 잘 들어가지 않자 새끼손가락에 옮겨 끼웠다. 그러면서 나에게 손을 내밀었다. 누나의 보동한 손가락이 눈부시게 희었다.

"평대 니가 몇 살이지?"

"열한 살요."

"4학년?"

"네."

"이 담에 크면 뭐 되고 싶어?"

누나 말에 나는 선뜻 대답을 하지 못했다. 나는 별로 되고 싶은 것이 없었다. 교장 선생님이라면 모를까. 그러나 그것도 생각이 그렇다는 것이지 꼭 그러고 싶은 것은 아니었다.

"난 구름이 되고 싶단다. 푸른 하늘 어디든 마음대로 흘러가는 구름."

누나가 얼 하나 없는 하늘을 올려다보며 말했다. 순간 누나의 눈에 눈물 빛이 어리었다.

올 봄에 나는 춘자 누나를 처음 알았다. 전부터 산 아래 집에 앉은뱅이 처녀가 산다는 말은 들어 왔지만, 누나와 말을 해 보긴 올해가 처음이었다.

봄이 되자 사람들은 새로 시작할 농사일로 바빴다. 한 해 지을 벼농사의 씨나락도 이즈음 담갔고, 겨우내 쌓인 마당의 두엄도 이 때 밭으로 져 날라 거름으로 써야 했다.

햇볕이 따뜻해지면서 사람들은 집에 있지 않았다. 어른들은 모두 들에 나가 살았고, 아이들도 소를 뜯긴다 염소를 돌본다 하여 해거름이 져서야 집에 오곤 하였다.

그런 어느 날, 병근이마저 집에 없는 어느 날이었다.

나는 무료에 지쳐 동네를 한바퀴 돌아보기로 했다. 동네 한가운데 개울이 흘렀다. 개울 이편을 양지뜸, 저편을 음지 뜸이라고 했다. 나는 먼저 음지뜸을 돌아보았다. 정말 사람 이 하나도 없었다. 양지뜸도 마찬가지였다. 아무도 없었다. 희한했다. 이렇게 마을이 통째로 비다니. 이따금 울어 대는 수탉의 울음소리가 길게 꼬리를 끌며 마을의 정적을 깊게 할 뿐, 사람의 그림자조차 찾아볼 수 없었다.

그렇게 동네 골목을 돌아다닐 때였다. 마지막으로 춘자 누나네 집 앞을 지나가게 되었다. 나는 그 집에 앉은뱅이 가 산다는 말이 생각나, 무서워 발걸음을 살금살금 옮겨 놓 았다.

문은 열려 있었다. 나는 아무 일도 아닌 것처럼 그 집 앞 을 지나며 슬쩍 안을 들여다보았다. 마침 춘자 누나가 마루 에 나와 밖을 내다보고 있었다. 순간 섬뜩했다. 간이 콩알 만 하게 오그라들었다.

나는 담장에 숨어 집안을 훔쳐보았다. 누나가 팔을 뻗어 무엇인가를 집으려고 하였다. 그러나 거리가 멀어 집을 수 없었다. 누나가 불쌍했다. 나도 모르게 누나에게 다가갔다.

그토록 강한 용기가 어디서 솟았는지 알 수 없는 일이었다.

"고맙다. 니가 바로 안평대구나."

나는 깜짝 놀랐다. 누나는 내 성姓은 물론 우리 집 식구를 다 안다는 듯이 엄마와 아버지 동생의 이름까지 줄줄이 외웠다.

"저를 아세요?"

내가 묻자 누나가 희미하게 웃었다.

집에 돌아온 나는 이 사실을 엄마에게 말했다. 그러자 엄마는 그런 사람일수록 누구네 집에 뭐가 있고, 누가 누구 자식이며, 누구네 제사가 언제라는 것까지 환하게 꿰고 있다고 하였다. 나는 엄마 말에 다시 또 놀랐다.

'아니, 어떻게 하루 종일 집에만 있는 사람이 다른 집 사정을 다 알 수 있지?'

그 후 나는 누나를 자주 만났다. 누나를 만날 때마다 누나에 대한 무서움은 사라지고 친밀감이 자리잡았다. 처음엔 만남이 뜨악하고 어색했다. 누나의 긴 머리가 귀신처럼 느껴져 무섭기도 했다. 그러나 만나는 횟수가 잦아지면서 그런 생각은 사라지고, 우린 오래 전부터 알았던 사람처럼 친해졌다.

누나는 내게 누룽지도 남겼다 주고 과일이나 사탕도 주었다. 나는 누나에게 그동안 있었던 일에 대해 이야기해 주었다. 내 친구 병근이와 비밀 아지트를 만들었던 일, 지난해 우리 학교로 전근 오신 백중기 선생님에 대해서도 이야기해 주었다. 또 선생님 말씀을 듣고 바다를 보러 갔다 길을 잃어 헤맸던 일과, 새매를 길렀는데 그 이름이 명교장이고, 어느 날 온데간데없이 사라진 이야기도 해 주었다.

"그래. 어렸을 때는 그런 비밀 장소도 중요해."

누나가 혼잣말로 중얼거리듯 말했다.

"정말요?"

나는 누나 말이 믿어지지 않아 눈을 동그랗게 뜨고 물었다. 왜냐면 아버지나 엄마 다른 어른들은 모두 나에게 그런 짓 할 시간 있으면 공부나 하라며 혼을 냈기 때문이었다.

나는 누나에게 혹 바다를 본 적이 있는지 물었다. 누나가 고개를 가로저었다. 누나 얼굴에 쓸쓸한 빛이 스쳐 지나갔다.

누나가 옷장 서랍에서 봉투 하나를 꺼냈다.

"뭐예요, 이게?"

누나가 대답 대신 한숨을 내쉬었다. 누나 얼굴에 부끄러움과 행복, 말로 표현할 수 없는 당혹감이 스쳐 지나갔다.

"편진데. 니가 좀 읽어 줄래?"

누나의 목소리가 떨렸다. 누나는 글을 읽을 줄 몰랐다.

봉투를 열자 네모나게 접힌 편지가 다섯 통이나 들어 있었다. 각각의 편지는 좀처럼 펴지지 않을 만큼 작고 단단하게 접혀 있었다. 연애 편지였다. 누나를 사랑한다는 말이 깨알처럼 적혀 있는 연애 편지였다.

편지를 다 읽고 난 나는 깜짝 놀랐다. 편지를 쓴 사람이 다름 아닌 박장광 형이었기 때문이었다. 장광이 형이 누나를 사랑한다니! 이건 꿈에도 상상할 수 없는 일이었다. 나는 편지 내용에 부끄러워하는 누나보다 뭔가 일이 잘못되어 가고 있다는 생각에 마음이 께름칙하여 견딜 수 없었다.

장광이 형은 스무 살도 더 된 우리 윗집에 사는 아저씨였다. 나는 전에 장광이 형에게 형이라고 했다가 엄마에게 핀잔을 들은 적이 있었다. 나하고 먼 친척뻘 되니 아저씨라고 해야 한다는 것이었다. 그런데도 나는 아저씨라는 말보다 형이라는 말이 더 입에 배어 형이라고 하고 있었다.

장광이 형네는 동네에서 방앗간을 운영했다. 형 아버지가 농사도 짓고 방앗간도 운영했기 때문에 형도 아버지를 도와 그 일을 했다. 형은 몸집이 크고 힘이 장사였다. 어쩌다 길에서 마주치면 공부 잘하냐며 머리를 쓰다듬어 주었는데, 그때 형 손이 어찌나 큰지 커다란 모자가 내 머리에 털썩 씌워지는 느낌이었다.

형은 운동에도 만능이었다. 못하는 게 없었다. 가을 운동회 때 부락 대항 달리기 대회가 열렸는데, 그런 때면 장광이 형이 더욱 돋보였다. 그는 늘 마지막 주자로 나섰다. 다른 사람들이 아무리 앞서 달려도 그들을 따라잡는 건 일도 아니었다. 그는 길고 튼튼한 다리를 성큼성큼 놀려 이내 따라잡았고, 결승선에 들어올 때엔 처음 떨어졌던 만큼 이등과의 격차를 멀찌감치 벌려 놓았다.

부자인데다 얼굴까지 미남인 형 주위에는 여자가 끊이지 않았다. 나는 형과 관련된 연애 이야기를 동네 이발소에서 여러 번 들은 적이 있었다. 형 친구들은 경락이 삼촌이 하는 동네 이발소에 모여, 마을에서 일어나는 대소사와 자기네들끼리 얽힌 연애에 대해 킬킬거리며 이야기했다.

그 때마다 장광이 형 이야기가 빠지지 않았다. 형은 우리 동네 처녀는 물론 읍내에서 멀리 떨어져 있는 다른 마을 아가씨까지 마구잡이로 사귀는 것 같았다.

한번은 이런 일도 있었다. 형 집에 처음 보는 사람들이 들이닥쳤다. 우리 동네 사람들은 아니었다. 그들은 형 이름을 부르며 그 놈이 책임져야지 누가 책임지냐고 핏대를 세웠다. 그런데 이상하게도 형 부모들은 아무 소리도 하지 못한 채, 고함치는 낯선 아줌마 아저씨 앞에서 마냥 허리를 굽실거릴 뿐이었다.

"왜 저러는 거야?"

내가 이상해서 엄마에게 물었다.

"천하에 난봉꾼인 자식."

엄마가 싸늘하게 내뱉었다.

"난봉꾼이 뭔데?"

"뭐긴 뭐여, 오입쟁이지."

나는 다시 오입쟁이가 뭐냐고 물으려다 그만두었다. 엄마의 서슬이 하도 시퍼래서였다. 나는 뜻도 모른 채 그 말을 머리 속에 담아 두었다.

그런데 바로 그 난봉꾼에 오입쟁이인 장광이 형이 앉은

뱅이 춘자 누나에게 사랑한다는 편지를 보내온 것이다. 그
것도 한 통이 아닌 여러 통을! 최근의 편지일수록 사랑한다
는 고백의 강도가 더해져 있었다. 누나는 내가 읽어 주는 편
지 내용이 부끄러워서인지 얼굴에 홍조를 띤 채 나와 눈길
을 마주치지 않았다. 그러나 나는 편지를 읽으면서도 옷깃
에 바늘이 꽂힌 듯 불안하기만 하였다.

'누나는 장광이 형이 어떤 사람인지 잘 모른다. 만날 집
에만 있으니까!'

편지를 다 읽자 누나가 아랫입술을 깨물며 길게 한숨을
내쉬었다. 누나는 그렇게 한동안 꼼짝도 하지 않았다. 내리
깐 눈꺼풀이 가늘게 떨렸다. 숨을 깊이 들이마시는지 조붓
한 어깨가 둥글게 부풀어 올랐다.

말없이 하늘을 올려다보았다. 누나의 깊고 맑은 눈동자
가 커다란 동굴처럼 휑 뚫려 있었다. 입술을 달싹거려 무슨
말인가 했지만 소리가 작아 알아들을 수 없었다. 나는 그렇
게 앉아 있는 누나 옆에서 말없이 손바닥의 굳은살만 잡아
뜯었다.

누나의 눈에 물기가 어리었다. 그 눈물은 태어나서 처음
사랑을 받아 본다는 행복감에 젖어 흘리는 눈물 같았다. 누

나가 나를 그윽히 바라보았다. 발룩한 콧잔등에 물기가 번졌다. 누나의 젖은 눈망울이 '내가 부르는 대로 받아 적어 줄래?'라고 말하는 것 같았다.

가을이 깊어 갔다.

아침이면 빨랫줄에 서리가 하얗게 엉키었고, 들녘엔 비늘같이 투명한 햇살에 억새꽃이 꽃등보다 환하게 흔들렸다.

저녁 어스름이었다. 나는 부엌에서 쇠죽을 끓이며 불을 쬐고 있었다. 동네 일로 마을 갔던 아버지께서 돌아오셨다.

"저기, 산 아래 강씨네 있잖여. 그 집 앉은뱅이 처녀 죽었댜."

아버지가 아궁이 앞에 앉으며 말했다.

"누구? 이, 그 집! 그렇지, 그 집에 앉은뱅이 하나 있지. 그런데 왜 죽었대유?"

"몰러, 자세힌. 오늘 낮에 목매달아 죽었다더먼."

"어째 그랬을까? 집에만 있는 처년디."

"문고리에 목을 맸댜. 그 집 아줌니 밖에 나가 일 하는 사이 그랬다더먼."

　아버지 입에서 술 냄새가 났다. 나는 순간 정신이 아찔했다. 가슴이 덜컥 내려앉고 목 뒤가 뻣뻣이 굳어 왔다. 앉은뱅이 처녀라면 틀림없이 춘자 누나일 텐데, 그럴 리가 없었다. 아버지 말에 귀를 더 기울였다. 그러나 아버지는 아무렇지도 않은 듯 다른 일에 말머리를 돌렸다.

　슬그머니 일어나 밖으로 나왔다. 땅거미가 내려 마당귀가 어둑어둑했다. 누나에게 가 보고 싶었다. 달려가 아버지 말이 사실인지 아닌지 확인하고 싶었다. 누나를 마지막으로 본 게 일주일도 안 되었다. 그리고 그때도 누나는 장광이 형 편지를 읽어 달라고 했고 또 답장을 불러 주기에 써 주지 않았던가? 잘은 몰라도 누나도 장광이 형을 사랑하는 듯했고, 깊어 가는 둘만의 사랑에 행복해하는 빛이 역력했다.

　'그런데 그런 누나가 죽다니! 그것도 문고리에 목을 매 죽다니!'

　나는 그 끔찍한 말을 믿을 수 없었다. 그 날 밤 나는 뜬눈으로 밤을 새웠다. 눈을 감으면 마루에 나와 볕바라기 하던 누나의 모습이 떠올라 잠을 이룰 수 없었다.

　이튿날.

학교에서 나는 제 정신이 아니었다. 병근이한테 춘자 누나가 죽었다고 말했다.

"산 밑에 산다는 그 앉은뱅이?"

아무렇지 않은 듯 병근이가 말했다. 나는 속으로 화가 치밀어 병근이를 한 대 때려주고 싶었다. 제일 친한 병근이마저 나하고 생각이 다르구나 생각하니 더더욱 속이 상했다.

학교가 끝나고 나는 누나네로 달려갔다. 병근이와 함께였다. 마을 사람 몇몇이 헛간에 모여 수군대고 있었다. 햇살이 소보록히 내려앉은 마당에 늦가을 찬바람이 을씨년스럽게 불었다. 안방 문이 굳게 닫혀 있고, 춘자 누나 엄마가 '아이고, 아이고' 눈물도 없는 울음을 건성으로 울었다.

그밖에 달라진 것은 없었다. 상가라면 으레 볼 수 있는 차일도 없었고 화톳불도 피우지 않아 집안이 썰렁하기 그지없었다.

어른들이 장례 절차에 대해 의논하고 있었다. 누군가 결혼도 하지 않은 처녀니까 애장처럼 갖다 묻어도 상관없을 거라고 하자, 또 다른 누군가가 그래도 다 큰 처녀인데 어떻게 그럴 수 있느냐며 반대했다. 누나 엄마에게 의견을 묻자 누나 엄마는 손을 쌀쌀 내저으며 시간 끌지 말고 손쉽게 일을 처리하라고 했다.

다음 날 장례가 치러졌다. 친척도 조문객도 없었다. 장광이 형은 물론 동네 처녀 총각 누구 하나 얼씬대지 않았다. 노인 몇이 염을 하고 관에 넣어 산기슭 어딘가에 묻었다.

여름 날 소나기 한 줄기 지나가듯 그렇게 황급히 누나가 세상을 떠났다. 나는 이제 누나네 집에 갈 일이 없었다. 그런데도 이상하게 누나 생각이 지워지지 않고 머리에 떠올랐다. 특히 밤에 잠자리에 들 때 더 그랬는데, 머루 알처럼 까만 눈망울과 긴 머리칼이 가뭇없이 눈에 밟혀 괴로울 따름이었다.

그런 어느 날이었다.

머리를 깎으러 이발소에 갔다.

이발소엔 경락이 삼촌 외에 형 친구들이 여러 명 와 있었다. 날씨가 쌀랑했지만 난로도 피우지 않았다. 경락이 삼촌이 의자에 나무판자를 걸쳐 놓고 앉으라고 했다. 나는 앞머리가 조금 길도록 상고머리로 깎아 달라고 했다. 경락이 삼촌은 이발은 건성으로 하면서 형들과의 이야기에 정신이 팔려 있었다.

"춘자 개 부라쟈가 까만 색이었다매?"

“이, 맞어. 덕구 할아버지가 염하느라 옷을 베끼는디 부라쟈가 안 베껴져서 가위로 끊었댜, 키키.”

형들이 키득거렸다. 나는 의자에 앉아 조는 척하며 그들의 이야기에 귀를 기울였다. 가위 소리가 빗소리처럼 사각사각 귓전에 맴돌았다.

“야, 그런데 이상허지? 춘자가 죽기 전날 밤에 말여. 상근네 밭가에서 춘자를 봤다는 사람이 있다며? 춘자네 집에서 상근네 밭까지는 멀어두 한참 먼디, 그것도 밤에, 앉은뱅이 춘자가 어떻게 거기까지 갔느냔 말여?”

모두의 이야기가 그 점에 모아지고 있었다. 그러니까 틀림없이 누군가가 춘자 누나를 거기까지 데리고 갔으며, 둘이 같이 있는 동안 사람이 나타나자 황급히 춘자 누나만 남겨 두고 남자가 자리를 피했을 거라는 것이었다.

“그럼 춘자허구 그놈씨허구 그렇고 그런 사이란 말인디, 그게 누구냔 말여?”

이야기는 거기서 일단락되었다. 이발이 끝나자 경락이 삼촌이 빗자루로 머리와 목에 묻은 머리칼을 쓸어내려 주었다. 형들은 곧 술추렴에 들어갔다. 나는 이발소를 나오며 춘자 누나와 같이 있었다는 사람이 누군지 속으로 짐작

할 수 있었다.

장광이 형이 보이지 않았다. 다른 때 같았으면 형 친구들과 함께 이발소에 모여 술추렴도 하고, 꿩이나 산토끼를 잡아다 껍질을 벗겼을 것이다. 그런데 올 겨울엔 통 보이지 않았다.

장광이 형이 안 보인다는 것은 동네에 뉴스거리가 되기에 충분했다. 그 동안 형은 어디를 가나 군계일학처럼 우뚝 솟아 눈에 띄었고, 친구들과 함께 밤늦도록 읍내에 나가 종횡무진 술집을 누비고 다녔기 때문이었다.

춘자 누나가 죽은 후부터 형이 보이지 않았다. 모두들 겨울이라 일거리가 없어 어디 다른 곳에 가 있을 거라고 했다. 그러나 그게 아니었다.

형에 대한 소문이 풍문으로 나돌았다. 몸이 아파 앓아누웠다는 것이다. 육척 장신에 쌀가마를 공깃돌 놀리듯 하는 장사가 몸져눕다니! 처음엔 감기나 몸살쯤으로 여겼다. 그러나 갈수록 기운이 빠져 몸이 삶아 놓은 시래기처럼 흐물

거렸고, 빛나던 눈동자마저 썩은 동태눈처럼 흐리멍덩 맥
없이 풀어졌다.

가슴이 뜨끔한 건 장광이 형 엄마였다.

"괜히 그런대유?"

엄마 말에

"그려, 그렇다니께. 무슨 조화 속인지 몰러. 애가 어떻게
하루아침에 그렇게 대꼬챙이가 되느냐 말여. 통 먹지도
않구, 먹으면 죄 토허구. 그리구 요즘엔 잠도 못 자. 자꾸
헛소리만 해 대니께"

형 엄마가 눈시울을 손등으로 찍었다.

사람들이 위문 차 형 집을 방문했다. 그러나 형을 만나 본
사람은 아무도 없었다. 형이 한사코 사람 만나는 걸 거절했
기 때문이다. 누구는 형의 자존심이 워낙 세어서 자신의 불
행을 아직 받아들이지 못하기 때문이라고 했다. 또 누구는
우스갯소리로 그동안 여러 처녀 울리더니 한몫에 벌을 받는
모양이라고도 했다.

사람들이 찾아가도 형이 만나 주지 않자, 얼마 안 있어 형
집에 사람들의 발걸음이 뚝 끊겼다. 그토록 단란하던 집안
에 암울한 기운마저 감돌았다.

겨울이 깊어 갔다.

바람이 눈보라를 몰아다 사정없이 방문을 들이쳤다.

그런 날이면 문풍지 사이로 칼바람이 황소 우는 소리로 울고, 우리는 저녁 숟가락을 놓자마자 잠자리에 들었다.

얼마나 자다 깼는지 모른다. 아랫도리에 뻐근한 요의尿意가 느껴졌다. 나는 고추 끄트머리를 움켜쥔 채 그대로 누워 있었다. 귀찮아서였다. 누운 채 방안을 힐끔거렸다. 눈보라가 그치고 달이 떴는지 문창살이 훤하게 밝았다. 아버지가 벽 쪽으로 돌아누워 계시고 동생들이 엄마를 가운데 두고 가로세로 얽혀 자고 있었다.

요강을 찾았으나 보이지 않았다. 엄마가 방에 들여 놓는 것을 깜박 잊고 마루에 두었는지도 몰랐다. 그 때였다. 고양이가 울었다. 한 놈이 "니야옹, 냐옹!" 울자, 다른 놈이 "으애, 애" 하고 울었다.

오줌통이 부풀어 올라 통증마저 느껴졌다. 이대로 더 있다간 아예 터져 버릴 것 같았다. 고추 끝을 움켜쥐고 버티는 것만으로는 되지 않았다. 저 놈의 고양이만 없어도, 나는 엄마가 잠깐이라도 일어났으면 하였으나 엄마는 막내 동생을 끼고 정신없이 자고 있었다.

할 수 없이 혼자 몸을 일으켰다. 오줌이 졸금졸금 나오는 것 같았다. 나는 문지방까지 기어와 문을 살짝 열었다. 맵고 찬 겨울바람이 코끝을 사정없이 할퀴었다. 그러나 그렇다고 더 이상 미적거릴 형편도 아니었다.

밖으로 나갔다. 쌓인 눈이 얼어붙어 마루가 빙판이었다. 나는 발가락을 세워 뒤꿈치로 걸으며 요강을 찾았다. 그러나 요강이 보이지 않았다. 할 수 없이 마루 끝에 서서 오줌발을 세웠다. 참았던 오줌이 기세 좋게 뿜어져 나오며 눈 쌓인 마당에 알 수 없는 상형문자를 그렸다. 백설白雪의 천지에 달빛이 괴괴했다. 그 때였다.

"니야옹, 냐옹."

다시 고양이가 울었다.

"으애, 애."

순간 나도 모르게 오줌발이 뚝 끊겼다. 이상한 예감에 휙 소리 나는 쪽으로 고개를 돌렸다. 장광이 형 집이었다. 그런데 이게 웬일인가? 장광이 형 방문 앞에 몇 달 전에 죽은 춘자 누나가 평소와 다름없이 하얀 저고리에 긴 머리칼을 허리까지 풀어헤친 채 울고 있지 않은가.

아무리 보아도 춘자 누나였다. 이목구미는 멀어 잘 보이

지 않았으나 툇마루에 앉아 문살을 부여잡고 우는 모습이
틀림없이 살아생전 춘자 누나의 모습 그대로였다.

순간 숨이 컥 막혔다. 머리칼이 쭈뼛 서고 온몸의 피가
얼어붙었다. 엄마를 부르려 했으나 목이 잠겨 소리도 나오
지 않았다. 방에 뛰어들고 싶었지만 오금이 굳어 그럴 수도
없었다.

다음 날도 또 고양이가 울었다. 나는 온몸이 얼어붙어 숨
을 죽인 채 그 소리에 귀를 기울였다. 틀림없이 어제 밤 춘
자 누나가 울던 그 소리였다. 가만 들어 보니 여느 도둑고양
이 소리와는 달랐다. 여느 고양이 소리가 가늘고 앙칼지다
면 춘자 누나 우는 소리는 깊은 동굴에서 울려나오는 소리
처럼 훨씬 더 깊고 애절했다.

나는 한밤에 깨어 뜬눈으로 그 소리를 들었다. 그 소리를
듣다 보면 어느덧 춘자 누나의 긴 머리칼이, 살아 있는 뱀처
럼 장광이 형네 툇마루를 지나, 구불구불 담장을 넘어, 우리
집 마당을 지나, 연기처럼, 흐르는 물에 풀어진 길고 가늘은

수초처럼, 흐느적거리며, 우리 집 마루에 올라 방문 앞에서 똬리를 튼 채, 으애 으애, 애기 울음소리를 내며 흐느끼고 있을 것이라는 생각이 들었다.

그 때마다 나는 무서워 비명을 질렀다. 그러면 엄마가 나를 끌어안고 잠꼬대 같은 소리로 '저 놈의 괭이가 왜 저 지랄이랴.' 하였다. 나는 이불을 머리끝까지 끄당겨 덮었다. 그런데도 그 소리가 옆에서 나는 것처럼 생생하게 들렸다.

날이 밝자 나는 이 사실을 엄마에게 말했다. 춘자 누나가 죽고, 팔팔하던 장광이 형이 가죽만 남은 채 사경을 헤매고 있는 터에, 밤마다 죽은 춘자 누나가 형 방문 앞에 와 운다는 게 내가 보아도 여간 심상치 않은 일이었기 때문이었다.

내 말에 엄마가 대번에 핀잔을 주었다. 그런 말 어디 가서 입도 뻥긋 하지 말라고. 그러나 나는 다시 말했다. 내 생각에 춘자 누나와 장광이 형 사이를 나만큼 아는 사람은 없으며, 그런데도 내가 모르는 어떤 일이 둘 사이에 틀림없이 있었을 것이라는 생각에서였다.

굿을 한다고 했다. 엄마도 아침부터 형 집에 가 일을 도왔다. 비늘눈이 내리는 쌀쌀한 날이었다. 하루 종일 부엌에 잉걸불이 타오르고 음식을 준비하느라 솥마다 허연 김을 쉭쉭 내뿜고 있었다.

굿은 저녁에 있었다. 동네 사람들이 장광이 형 집으로 모여들었다. 엄마는 나보고 집에 있으라고 했지만 그럴 수 없었다.

마당에 차일이 쳐지고 그 밑에 멍석이 깔렸다. 멍석 위 형이 있는 방 쪽으로 상이 놓이고, 상 위에 온종일 준비한 과일과 음식이 정성스레 차려졌다.

꽃송이 같은 오색초롱이 처마에 걸렸다. 돼지머리, 떡시루, 술동이가 놓이고 바가지에 하얀 쌀이 소복이 담겼다. 고기 산적, 두부전, 백설기에 타래실과 냉수 대접까지 상에 가득 놓였다.

이윽고 촛불에 불이 붙었다. 바람막이 등피 속에서 나풀대는 불꽃이 나비의 날개인 양 퍼득였다. 청해 온 무당이 소복단장에 쾌자를 걸치고 넋대를 쥐고 일어섰다. 무당은 장광이 형 엄마보다 훨씬 나이 들어 보였다.

나는 굿판 맨앞 어른들 틈에 끼어 있었다. 병근이와 손을 꼭 잡고 있었는데, 나는 무당이 어떻게 굿을 하는지, 그리고 또 굿하는 중간에 무슨 일이 일어나는지 하나도 빼놓지 않고 볼 요량으로 눈을 동그랗게 뜨고 있었다.

굿이 열리기 직전 잠시 자리가 술렁였다. 장광이 형 때문이었다. 굿판에 나와 있어야 하는데 날이 춥고 형이 몸을 가누지 못해 어떻게 하면 좋겠냐는 것이었다. 그 때였다.

"그깟늠의 귀신 예 있으나 방에 있으나……."

그러면서 무당이

"쉬이! 물럿거라. 물럿거라. 오늘은 또 무슨 귀신이 박씨 가문에 들었다냐! 헛쉬! 물럿거라, 물럿거라. "

소리소리 지르며 넋대를 흔들며 굿판을 서너 바퀴 휘 돌았다. 징이 울고 꽹과리의 숨이 가빠지면서 무당이 경중경중 공중에 솟구쳐 올랐다. 그럴 때마다 넋대 끝에 매달린 놋쇠 방울이 자지러지게 울고, 무당의 치맛바람에 촛불이 사정없이 너풀거렸다.

굿은 무당이 장광이 형 방에 짓쳐들어가 형에게 붙은 귀신을 잡도리 하는 데서 절정을 이루었다. 귀신이 잡히기는 하는데, 요 잡것이 찰거머리처럼 달라붙어 떨어지지 않는다고 했다. 덩실덩실 칼춤을 추며 넋대를 흔들던 무당이 직접 방으로 짓쳐들어 갔다. 사람들이 무당을 따라 방 앞으로 우르르 몰렸다. 무당이 냉수를 한 입 가득 물어 불도 없는 천장에 대고 훅 뿜었다. 그러면서 거의 넋두리에 가까울 정도로 주문을 중얼중얼 외우며 껑충껑충 뛰었다.

무당이 경기驚氣오른 사람처럼 넋대를 흔들며 공중으로 솟구쳐 올랐다. 꽹과리와 징 소리는 이미 장단을 잃고 고비에 오른 듯 그 숨이 자지러졌다.

그 때였다. 무당이 방문을 박차고 다시 밖으로 뛰쳐나왔다. 드디어 형 몸에서 떨어져 나간 원귀가 어디론가 달아나고 있다고 했다.

"저것을 잡아다 유황불에 처넣어야 해."

비명에 가까운 목소리로 무당이 소리쳤다. 무당이 방에서 뛰어나와 다시 굿판을 휘휘 휘감아 돌았다. 그러면서 두 손을 허공에 뻗어 무엇인가를 거머쥐듯 손아귀를 마구 움켜쥐었다.

함박눈이 펑펑 쏟아지고 있었다. 차일 밖에 섰던 사람들이 눈발을 피해 주춤주춤 안으로 밀려들었다. 굿판이 무당

을 중심으로 말발굽처럼 꽉 조여졌다. 촛불도 불후리가 야
위어 희미해져 가고, 마당귀 구석에 놓여 있던 약 탕관에 내
린 눈이 소복이 쌓였다.

밤이 깊었지만 누구도 먼저 자리를 뜨려 하지 않았다.

이른 봄.

얼음 녹은 물이 햇빛에 차갑게 어룽대는 어느 날이었다.

사람들이 외지外地로 가는 길을 따라 산을 오르고 있었
다. 대처로 요양하기 위해 떠나는 장광이 형 일행이었다.
마을 어귀에서 장광이 형 엄마가 연신 옷소매로 눈물을 찍
었다.

"인제 그만 들어가유. 아직 젊으니께 곧 낫겄쥬."

엄마가 뻘개진 눈을 끔벅거리며 말했다. 그런 엄마를 보
자 나까지 덩달아 코끝이 매워졌다.

형이 떠난 후 아무도 춘자 누나에 대한 이야기를 입에 올
리지 않았다. 그리고 장광이 형에 대해서도 말하는 이가 없
었다. 두 사람의 모습이나 이야기는 어느덧 마을 사람들의

머리 속에서 지워져 가고 있었다.

　그러나 나는 그 후에도 밤에 고양이 우는 소리만 나면 그것이 춘자 누나인 것 같아 오래도록 오금이 저려 밖에 나가지 못하였다.

싸움닭 샤모

선생님께서 나에게 심부름을 시키셨다. 인쇄실에 가서 유인물을 가져오라고 했다. 나는 자리에서 일어나 복도를 걸었다. 오후의 햇살이 복도에 잔잔히 비쳐 들었다. 교실에서 아이들의 수런거리는 소리가 등 뒤에서 들렸다.

인쇄실 문을 열자 석유 냄새가 훅 끼쳐들었다. 숨이 막히고 기침이 났다. 나는 한두 번 깊이 숨을 고르고 나서야 인쇄실 안에 들어설 수 있었다.

종이 뭉치와 검은 잉크가 묻어 있는 인쇄기. 순간 나는 호기심과 흥분에 사로잡혔다. 이곳은 원래 학생 출입이 금지된 곳이어서 처음 와 보는 곳이었다. 유리창으로 햇빛이 쏟아져 들어왔다. 비스듬히 대각선으로 비쳐든 햇살은 조붓한 인쇄실 안을 한쪽은 환하게, 다른 한쪽은 어두운 그늘로 양분하여 놓았다. 나는 무더기로 쌓여 있는 유인물 가운데 선생님께서 말씀하신 것을 찾느라 두리번거렸다.

유인물을 들고 나오는데 바닥에 무엇인가 떨어져 있었다. 무릎을 굽혀 주워들었다. 얼핏 보니 닭에 관한 사진이었다. 접어 주머니에 넣고 그곳을 나왔다.

집에 와 펴 보았다. 여러 종류의 닭 사진이 있고 밑에 깨알 같은 글씨로 이름이며 원산지가 표시되어 있었다. 아마도 동물도감에서 떨어져 나온 것 같았다.

그 가운데 유독 내 눈길을 잡아끄는 게 있었다. 샤모라는 싸움닭이었다. 사진으로만 보아도 샤모는 윗볏이 맨드라미꽃처럼 뭉뚱그러졌고 밑볏은 아예 없어 부리에서 멱살로 내려오는 선이 밋밋했으며, 곧추선 자세가 마치 대가리를 바짝 쳐들고 혓바닥을 낼름거리는 코브라 같았다. 게다가 가슴은 떡 벌어지고 몸통은 꼬리 쪽으로 홀쭉하게 빠져 몸 전체가 잘 깎아 놓은 팽이처럼 날렵했고, 등황색과 청록색의 빛나는 털이 맹장猛將의 갑옷처럼 찬란하기만 했다.

그 자리에서 나는 샤모에게 확 반해 버렸다. 우리 집에

닭이 없는 건 아니었다. 닭은 우리 집뿐만 아니라 동네 어
딜 가도 흔히 볼 수 있는 가축 가운데 하나였다. 그러나 샤
모처럼 힘 있고 날렵하며 덩치는 그리 커 보이지 않지만 온
몸이 싸움을 위해 구조화 된 그런 닭을 나는 지금까지 본 일
이 없었다.

나는 샤모 사진을 오려 엄마가 시집올 때 해 왔다는 장롱
거울 한 귀퉁이에 붙여 두었다. 그러면서 밤낮으로 들여다
보며 그 닭이 정말 싸우는 공상에 빠져들었고 급기야 매일
밤 샤모 꿈을 꾸게 되었다.

꿈속에서 샤모는 햇살을 가득 받고 있는 장미꽃보다 더
눈부셨다. 어느 땐 어두워 가는 닭장 횃대에 앉아 흑진주 같
은 눈알로 황혼의 빛을 되쏘며 나를 쏘아보기도 했고, 또 어
느 땐 집 뒤 감나무 가지에 올라 꼬리를 바람에 휘날리며 길
고 긴 울음을 터뜨리기도 하였다.

그럴 때마다 나는 이루 말할 수 없는 매혹과 흥분에 사로
잡혀 정신없이 놈을 쫓아다녔다. 그러면 놈은 또 어디론가
멀리 달아났고, 잡힐 듯 잡히지 않는 안타까움에 눈을 떠 보
면 어느 새 오줌보가 탱탱히 불어 있었다.

그런 어느 날, 외가에 다녀오는 길이었다. 평순 아저씨
네 집을 지나면서 나는 우연히 아저씨네 집안을 들여다보았
다. 돌담이 낮아 안을 쉽게 볼 수 있었다. 헛간 기둥에 닭이
한 마리 묶여 있었다.

나는 그 자리에 우뚝 걸음을 멈추었다. 사금파리보다 날
카로운 전율이 내 몸을 훑고 지났다. 샤모였다. 샤모가 거
기 있었다. 나는 내 눈을 의심했다. 그러나 몇 번을 다시 보
아도 틀림없는 샤모였다. 가슴이 두근대고 입에 침이 말랐
다. 사방을 둘러보았다. 아무도 없었다. 모두 들에 나가 집
안이 비어 있었다.

문을 밀치고 조심스레 들어갔다. 고요했다. 하늘로부터
내려온 햇빛에 지붕의 그림자가 마당에 진한 그늘을 드리우
고 있었다. 나는 그늘 쪽으로 걸어 헛간으로 갔다. 내가 다
가가자 새끼줄에 발목이 묶여 있던 녀석이 날개를 퍼덕이며
달아나려고 했다. 다시 보아도 사진 속 샤모가 틀림없었다.
특히 그 맨드라미 꽃송이처럼 뭉뚱그러진 볏! 그 볏은 아무
리 억세고 강한 부리로 쪼고 할퀴고 물어뜯어도 피 한 방울

나지 않을 만큼 단단해 보였다.

그 때였다. 등 뒤에서 인기척이 났다.

"니가 웬 일이니?"

깜짝 놀라 돌아보니 평순 아줌마가 서 있었다.

"이 닭 사 온 거예요?"

내가 대뜸 물었다. 그렇다고 했다.

"뭐 하려고요?"

"키워서 약 하려구."

"그럼 우리 닭하고 바꿔요. 우리 암탉하고. 기왕 약할 거
면 큰 닭이 좋잖아요?"

내 말에 아줌마가 잠시 난처한 기색을 지었다. 그녀가 호
미에 묻은 흙을 손톱으로 긁어내며 말했다.

"좋다. 니네 엄마가 바꾸자면 바꾸지."

집에 와 나는 이 사실을 엄마에게 알렸다. 그러자 엄마가
즉각 대꾸했다.

"샤모가 뭔 말라비틀어진 소리여. 그리고 왜 다 큰 암탉
을 중병아리허구 바꾼다는 겨?"

눈앞이 캄캄했다. 처음부터 예상 못한 건 아니었으나 엄
마의 반대가 너무 완강했다. 엄마가 이렇게 나오니 낙심천

만이었다. 그러나 그렇다고 물러설 내가 아니었다. 나는 엄마 뒤를 따라다니며 계속 졸랐다.

나는 이제부터 닭장에 닭을 몰아넣는 일을 내가 하겠다고 하였다. 그래도 엄마는 꿈쩍하지 않았다. 그럼 학교 갔다 와서 꼭 숙제부터 한 다음 나가 놀겠다고 했다. 그래도 요지부동이었다. 나는 마지막으로 하루 한 시간씩 동생을 돌보겠다고 했다. 그 말을 하고 난 나는 가슴이 뜨끔거려 안절부절 하지못했다. 솔직히 그 일만은 자신이 없었다. 샤모를 얻기 위해 아무렇게나 해 댄 말이었다. 그런데도 엄마는 눈썹 하나 까딱하지 않았다.

"우씨-. 그럼 어떡하란 말야."

드디어 나의 분노가 터졌다. 나는 갓난아기처럼 발을 동동 구르며 울었다. 분하고 서럽고 원통해서였다. 그깟 암탉 한 마리가 뭔데, 그것도 공짜로 주는 것도 아니고 그 집 닭과 바꾸자는 건데. 나는 내 말은 하나도 듣지 않고 자기 고집만 내세우는 엄마가 미워 신발이며 책을 닥치는 대로 집어던졌다. 그러자,

"이늠의 새끼, 뚝 안 그쳐?"

부엌에서 달려 나온 엄마가 종주먹을 들이대며 눈을 흘겼

다. 그러나 그렇다고 울음을 그칠 내가 아니었다. 나는 이미 샤모를 갖고 싶은 마음에 가슴이 거미처럼 새까맣게 타 버렸다. 나는 마당에 데굴데굴 구르며 울부짖었다.

"아니 그래도 이늠이? 아, 어서 못 일어나?"

엄마가 부지깽이를 들고 왔다. 처음 있는 일이었다. 아버지는 나를 때린 적이 있지만 엄마는 지금까지 그런 일이 없었다. 나는 일어나기는커녕 더욱 악을 쓰며 나뒹굴었다. 발로 차고 욕하고, 그러자 엄마가 사정없이 종아리를 때렸다.

한바탕 소란이 있은 후 나는 훌쩍거리다 잠이 들었다. 평순 아줌마가 솥에 물을 끓이고 아저씨가 샤모를 잡는다며 칼을 갈고 있었다. 나도 모르게 눈이 휘둥그레졌다. 나는 샤모를 구하기 위해 필사적으로 달렸다. 팔을 허우적대며, 단말마의 비명을 지르듯 '안돼요, 안 돼요'를 목이 터져라 외치며. 그러나 발이 말을 듣지 않았다. 아무리 사력을 다해 달려도 수렁에 빠진 듯 허우적거리기만 할 뿐 앞으로 나아가지 못했다.

이상했다. 꿈속이라서인지 몸은 우리 집에 있으면서 평순 아저씨네 집에서 하는 일이 훤히 다 보였다. 칼을 간 다음 평순 아저씨가 샤모를 붙잡아 뒤꼍으로 갔다. 목을 밟아 숨통을 끊은 다음 뜨거운 물에 튀겨 내기 위해서였다. 나는 샤모를 구하기 위해 사력을 다해 달려갔고, 있는 힘을 다해 아저씨 팔뚝을 물어뜯었다. 어찌나 힘을 주어 물어뜯었던지 으드득 이빨 갈리는 소리가 꿈속에까지 들릴 지경이었다.

그렇게 모질음을 쓰고 있는데 누가 나를 흔들어 깨웠다. 눈을 떠 보니 날은 이미 어둑어둑해져 있고 엄마가 옆에 있었다.

"뭔 잠꼬대를 그렇게 헌다니?"

엄마가 걱정스런 눈빛으로 나를 바라보았다.

"암탉 하나 줄 테니 샤몬가 네몬가 하고 바꿔 와. 대신 앞으로 닭장에 닭 몰아넣는 일은 니가 혀."

엄마의 허락이 떨어졌다. 나는 엄마 말을 분명히 들었으면서도 못 들은 척 가만히 누워 있었다. 엄마에 대한 서운함이 아직도 가시지 않아서였다.

샤모를 옆구리에 끼고 오면서 나는 공중을 날듯이 기뻤다. 아마도 천하를 얻고자 하던 사람이 최후의 승자가 되어

지존의 자리에 올랐을 때의 기쁨이라고 할까? 나는 연신 싱긋벙긋거리며 겅중겅중 걸어 집에 왔다.

샤모가 있는 헛간이 환해 보였다. 샤모를 가져온 후 그렇게 밖으로만 나돌던 나는 거의 밖에 나가지도 않았다. 오로지 샤모 곁에서 샤모를 돌보고 관찰하고 탐구했다.

샤모는 사진 속 모습을 빼다 박았다. 흑옥 같은 눈망울과 그것을 감싸고 있는 노란 눈꺼풀, 대추씨보다 단단할 것 같은 부리, 떡 벌어진 가슴팍과 날렵하게 빠진 꼬리. 어느 모로 보나 샤모의 몸에는 싸움닭의 혈통이 흐르고 있었다.

나는 샤모를 특별 관리했다. 잠도 다른 곳에 따로 재웠다. 하루에 한 번 엄마 몰래 쌀이나 보리쌀을 가져다주었고, 개구리나 지네 따위를 잡으면 제일 먼저 샤모에게 갖다 주었다.

고추장도 퍼먹였다. 닭에게 고추장을 먹이면 사납고 용맹해진다는 말을 들어서였다. 나는 고추장을 보리밥에 비벼 먹이기도 하고 물에 타 먹이기도 했다. 샤모를 두 무릎 사이에 끼고 엄지와 검지로 부리를 꼭 누르면 입이 딱 벌어졌는데, 그 벌어진 입에 고추장을 쏟아 부었다. 그러면 샤모는 곧 숨이 넘어갈 듯 몸부림치며 켁켁거렸다.

　　샤모에 미쳐갈수록 눈을 오꼼하게 뜨고 나를 노려보는 이가 있었다. 아버지였다. 아버지는 누에 같은 눈썹을 꿈틀거리며 흘기눈을 뜨고 나의 행동 하나하나를 지켜보았다. 이따금 밥상머리에서 젓가락을 소리 나게 찍으며,

　　"너 그렇게 맨날 싸돌아댕기다간 뒈질 줄 알어!"

하거나,

　　"너 어제 몇 시간 공부했니?"

하면, 나는 금세 오금이 저려 먹던 밥도 잘 넘어가지 않았다.

　　그런 어느 날이었다. 아침부터 부슬부슬 비가 내렸다. 나

는 마루 끝에 서서 헛간에 모여 있는 닭들을 바라보고 있었다. 여러 마리 닭 가운데 샤모도 섞여 있었다. 어느 모로 보나 샤모는 아직 중병아리 티를 벗지 못하고 있었다. 다른 암탉이나 수탉에 비해 몸집이 거의 두 배 가까이 작았다. 그런 샤모가 날개를 활활 치더니 첫울음을 터뜨렸다.

"꼭— 교."

목청만 겨우 터뜨린 첫울음은 그야말로 우는 게 아니라 온몸을 비틀어 짜내다시피 한 것이었다. 날개를 치고 목을 앞으로 흔들며 쓰러지겠다 싶을 정도로 몸을 비틀어 우는 그 울음은, 그러나 다른 수탉의 울음처럼 예사롭게 들리지 않았다. 사람으로 치자면 이제 막 어린 티를 벗어, 단기필마單騎匹馬로 적진에 뛰어들어 적을 짓쳐부술 수 있는 지혜와 용기를 갖춘 맹장이 되었음을 알리는 그런 울음이라고나 할까. 앞으로 있을 닭들 세계의 지각 변동을 알리는 서곡이자, 다른 수탉들에게 이제부터 함부로 나대지 말라는 선전포고 같기도 하였다.

그런 울음을 샤모는 거푸 세 번이나 울었다. 아, 한 번도 아닌 세 번! 나는 그 자리에서 감동받아 몸이 굳어지는 것 같았다. 여러 날 밤낮을 가리지 않고 공들인 나의 정성에 샤모는 저렇게 어김없이 보답하지 않는가. 그런 샤모를 보며 나는 늘 마음속으로 다짐해 왔던 말을 다시 한 번 되뇌었다.

'그래, 내 너를 최고의 전사戰士로 키워 주마.'

나는 먼저 샤모를 길들이기 시작했다. 샤모의 용맹함을 길러 주기 위해서였는데 샤모로 하여금 사람을 쪼게 하는 훈련이었다. 나는 아버지만 제외하고 식구들 모두에게 샤모가 있으면 곧장 가지 말고 피해 가라고 일렀다. 사람이 곧장 다가가면 닭은 사람을 피하게 된다. 그러나 사람이 가다 문득 닭을 보고 무서워서 피하는 것처럼 돌아가면, 닭은 정말 사람이 자기를 무서워하여 피하는 줄 알고 사람에게 덤벼든다.

매일 계속되는 특별 관리, 사람을 쪼게 하는 훈련은 병근이나 경락이 남주까지 동원되어 하루하루 빈틈없이 이루어졌다. 그래서일까? 이제 샤모도 애티를 훌쩍 벗고 집안의 패권을 놓고 겨룰 만한 어엿한 수탉으로 자라났다.

감나무 잎이 노랗게 물들어 갔다. 나는 방안에서 동생과

놀고 있었다. 밖에서 인기척이 났다. 우린 숨을 죽인 채 문
구멍으로 밖을 내다보았다. 동냥아치였다. 그는 처음 사립
문 밖에서 쭈뼛거리더니 집에 사람이 없다는 걸 알았는지
거침없이 안으로 들어섰다. 우린 가슴이 오그라붙었다. 어
찌나 무섭던지 목안이 얼어붙어 침도 삼켜지지 않았다.

그 때였다. 푸드덕거리는 소리가 났다. 샤모였다. 어디
서 나타났는지 목의 털을 빳빳하게 세운 샤모가 동냥아치를
공격하고 있었다. 동냥아치가 발길로 샤모를 걷어찼다. 그
러자 샤모는 물러서기는커녕 껑충 날아올라 그의 정강이를
사정없이 찍었다. 동냥아치가 흠칫 놀라 물러섰다. 그러면
서 쥐고 있던 지팡이를 휘둘렀다. 그런데도 샤모는 물러나
지 않았다. 다시 파다닥 날아올라 동냥아치를 찍었다. 혼비
백산한 그가 등을 돌려 달아났다. 그런 그를 샤모가 쫓아가
연달아 공격했다.

나는 문을 박차고 나왔다. 나가 보니 동냥아치는 보이지
않고 샤모가 담장에 올라 찬란한 울음을 쏟아 내고 있었다.
날개를 활활 쳐대며 우는 그 울음은 닭들이 으레 그러하듯
싸움에서 이겼을 때 만천하에 고하는 승전보나 다름없었다.

나는 가슴 속 깊은 곳에서 터져 나오는 환희의 빛에 눈이

부셔 어쩔 줄 몰랐다. 세상에, 샤모가 동냥아치를 쫓아내다니! 이건 결국 그 동안 심혈을 기울여 훈련시킨 결과가 아닌가. 나는 이 사실을 엄마한테도 자랑하고 병근이한테도 자랑했다. 엄마는 시큰둥한 채 믿지 않았지만 병근이는 자기 일처럼 기뻐했다.

차츰 샤모가 세력권을 넓혀가기 시작했다. 처음 샤모는 닭의 무리 주변만 맴돌았다. 그러다 시간이 지나면서 중심부로 진입해 들어가더니 이내 그들 세계를 평정해 버렸다.

지위 변화에 따른 다른 수탉의 꼴이 가관이었다. 덩치는 샤모보다 크고 나이도 많았지만, 그러나 샤모에게 군림의 자리를 빼앗긴 그들은 삶아 놓은 배추 잎처럼 시들부들했다. 샤모 주변에 얼씬대지도 못했고, 암탉을 유인하여 사랑을 나누다 샤모에게 들키면 하던 짓을 멈추고 급히 줄행랑을 놓았다. 그러면 샤모는 몸을 채 추스르지도 못한 암탉의 볏을 뒤 번 가볍게 찍으며 발톱으로 날개깃을 털며 위용을 과시했다.

집안을 평정한 샤모는 이웃집 건너 그 옆집, 이런 식으로 자기 영역을 넓혀 나갔다. 이따금 나도 모르게 꼭끼오— 하

는 닭 울음소리가 들려 달려가 보면, 샤모 옆에 다른 닭이 피
투성이가 되어 쓰러져 있었다.

　백사 할머니란 분이 계셨다. '백사'란 할머니 얼굴이 유
난히 희어 백사白蛇를 닮았대서 우리가 붙인 별명이었다. 그
녀는 자식도 남편도 없이 홀로 살았다.
　그 집에 수탉 한 마리가 있었다. 샤모를 안고 싸움을 시
키기 위해 온 동네 골목을 다 돌아다녔지만, 그때까지 나는
백사 할머니네 닭하고는 싸움을 시켜 보지 못했다. 들리는
말로는 그 닭은 십 년이나 묵었다고 했다. 어른들은 닭이 한
집에서 십 년을 묵으면 죽어서 그 집 귀신이 된다고 하였다.
　나는 그 집 울안을 기웃거렸다. 그 닭을 보기 위해서였
다. 그 닭도 샤모처럼 사람을 쪼았다. 부챗살처럼 화사하게
부풀어 오른 선홍빛 볏, 바람이 불 때마다 슬핏슬핏 날리는
진홍빛 털, 떡 벌어진 가슴, 발목 쪽으로 날렵하면서도 튼튼
하게 자리한 암청색 날개, 도르르 말려 올라간 주황색 꼬리.
　얼핏 보아도 사람으로 치자면 지략과 용맹을 두루 갖춘

　싸움닭 샤모

노장老將임에 틀림없었다. 그러나 나를 질리게 한 것은 그런 겉모습이 아니었다. 두 눈과 발목이었다. 푸른 불이 뚝뚝 떨어져 내릴 것 같은 검은 다이아몬드 빛 눈. 어린아이의 팔목 굵기만 한 발목. 발목엔 용 비늘 같은 누런 비늘이 더께지게 앉았고, 갈퀴 같은 발가락이 땅을 움켜쥐어 몸을 억세게 떠받치고 있었다.

나는 그 닭과 샤모와의 일전을 벼르며 발싸심하고 돌아다녔다. 아무래도 그 닭과 한번 붙어 보기 전에는 지금까지 샤모가 쌓아 온 빛나는 업적도 값어치 없어 보였다.

"어디서 싸움을 시키지?"

내 목소리에 걱정기가 묻어 있었다.

"어디서라니? 니네 닭을 붙잡아 백사 할머니네로 가야지."

병근이가 당연하다는 듯 말했다.

나는 닭싸움을 어디에서 시킬 것인가를 놓고 고민했다.

닭은 싸울 때 홈그라운드냐 아니냐에 따라 큰 차이를 보인다. 낯선 곳에서 싸우면 웬만한 닭이 아니면 아예 처음부터 기가 죽어 싸울 생각을 하지 않고 피그르 꽁무니를 빼기 일쑤다.

그러기에 장소 선택은 지극히 중요했다. 나는 온갖 상황을 분석한 끝에 결론을 내렸다. 싸움은 백사 할머니네 닭을 잡아다 우리 집에서 시킨다. 그리고 거사擧事 날은 백사 할머니가 집을 비운 날, 그리고 아버지도 집에 계시지 않은 날.

결정적인 기회를 노렸다. 병근이와 경락이 남주한테도 이미 말해 놓은 터였다. 아침부터 이슬비가 내렸다. 학교에서 오다 보니 백사 할머니가 어딘가 가고 있었다. 집에 와 엄마에게 물었다.

"오늘이 장날이니 장에 가는 거겠지."

엄마가 대수롭지 않게 말했다.

"아버지는?"

"아버지는 논에 일하러 갔어."

나는 속으로 쾌재를 불렀다. 지금이다 싶었다. 나는 즉각 아이들을 불러 백사 할머니네 집으로 갔다. 다 쓰러져 가는 오두막에 사립문도 없었다. 그 닭은 암탉 서너 마리와 함께 헛간에서 비를 피하고 있었다. 우리가 들이닥치자 그 닭이 우리에게 덤벼들 듯 물러나며 경계의 빛을 늦추지 않았다.

우린 양팔을 벌려 닭을 헛간 구석으로 몰았다. 그런 다음 한 순간에 덮쳤다. 손아귀를 빠져나간 닭이 허공으로 솟구

치자 뒤에 있던 남주가 닭의 발목을 움켜쥐었다. 발목을 잡혔는데도 놈이 남주의 손등을 콱 쪼았다.

샤모는 집 앞 추수가 끝난 논에 있었다. 백사 할머니네 닭을 안고 가자 샤모가 벌써부터 전투 태세에 돌입했다. 목의 털을 바짝 세우고 이쪽을 노려보며 부리를 땅에 낮추었다.

나는 안고 있던 백사 할머니네 닭을 샤모에게 획 던졌다.

날개를 파닥이며 날아가는 백사 할머니네 닭과 일전을 겨루기 위해 날아오른 샤모가 공중에서 부딪혔다. 한 동안 두 마리는 서로 공격을 하지 않은 채 상대의 주위를 빙빙 돌며 탐색에 들어갔다. 그렇게 서너 바퀴 돌았을까? 먼저 샤모가 날아올랐다. 파다닥 날개를 치며 몸을 솟구치자 상대도 같이 날아올랐다. 힘과 덩치에서 샤모는 백사 할머니네 닭의 상대가 되지 못했다. 공중에 날아올라 서로 부딪혔는데 그만 샤모가 땅바닥에 곤두박질쳤다. 그런 걸 그 닭이 쫓아가 샤모의 볏을 찍고 늘어졌다.

내 속이 아글타글 탔다. 여러 사람이 지켜보는 싸움이라 여기서 지는 날엔 그 동안 쌓아 온 샤모의 명예가 일거에 무너지기 마련. 그렇다고 물러설 수도 없었다.

샤모가 그 닭의 배를 발톱으로 할퀴고 그 닭이 샤모의 볏을 찍고 늘어졌다. 두 마리 모두 한 치의 물러섬이 없었다. 사람들이 차츰 모여들었다. 어른 아이 할 것 없이 싸움판을 중심으로 웅긋쭝긋 서서 구경하기에 여념이 없었다.

"야야, 소용없다. 덩치를 봐."

"아녀. 그래두 그게 아닌 걸. 쩨간 게 여간 아녀."

어느 덧 사람들은 샤모 편과 백사 할머니네 닭 편으로 갈

라쳤다. 그럴수록 내 마음도 조마조마했다. 내가 연출한 일에 어른들까지 열광하는 게 기쁘면서도, 한편 샤모가 지면 어떡하나 하는 마음 졸임 때문이었다.

시간이 갈수록 두 닭의 전의戰意는 높아만 갔다. 백사 할머니네 닭이 샤모의 볏을 찍어 흔들었지만, 워낙 샤모의 볏이 두터워 치명적인 상처를 주지 못했다. 그러나 백사 할머니네 닭은 그렇지 못했다. 화사한 윗볏과 봉숭아 꽃잎처럼 붉게 늘어진 밑볏이 치명적인 급소였다. 싸움에 뒤엉켜 찍고 찍히고 나뒹굴다 보니, 어느 덧 그 닭의 볏이 떨어져 나가 피를 철철 흘리고 있었다.

그런데도 그 닭은 물러서지 않았다. 다른 닭 같았으면 벌써 그 전에 꽁무니를 빼도 내뺐을 것이다. 그러나 그 닭은 그렇지 않았다. 갈수록 힘이 솟구치는지 흑옥 같이 검은 두 눈에 푸른 불덩어리를 뚝뚝 떨구고 있었다. 두 마리 모두 곧추세운 목깃에 피칠갑을 하고 있었다.

“야, 그만 떼어 말려. 저러다 한 마리 죽어.”

“뭘? 좀 더 두고 봐.”

구경하는 사람들의 말이 갈렸지만 싸움은 계속되었다. 비장했다. 찍힌 상처에서 흐른 피가 비와 범벅이 되어 두 마

리 모두 피투성이가 되었다. 그렇다고 샤모도 백사 할머니
네 닭도 물러설 기미라곤 조금도 없었다. 나는 속으로 백사
할머니네 닭에게 경탄했다. 이미 십 년 묵은 닭으로 동네에
소문이 뜨르르하게 난 터였지만, 이렇게까지 위용을 잃지
않고 싸움에 임할 줄은 미처 몰랐다.

그렇게 싸우길 한 동안. 나는 섬뜩한 예감에 뒤를 돌아
보았다. 구경꾼들 틈에 섞여 아버지가 샤모를 노려보고 있
었다.

"이늠의 새끼!"

시멘트 바닥에 쇠뭉치를 굴릴 때 나는 소리였다. 아버지
가 이빨을 사려 문 채 구경꾼들을 헤치고 들어와 손에 쥐고
있던 나무 몽치로 샤모를 내리쳤다. 꼭─교, 짧은 비명을 내
지르며 샤모가 달아났다.

아버지가 손바닥으로 내 머리를 사정없이 후려쳤다. 눈
앞에 불이 번쩍 튀었다. 나도 모르게 몸이 앞으로 거꾸러지
며 눈물이 핑 돌았다. 나는 얼굴이 벌겋게 달아올라 아버지
를 쏘아보았다.

"이 자식아. 허라는 공부는 안하고 맨날 닭싸움이나 시
켜?"

아버지가 다시 나를 때리려는 걸 동네 사람들이 말렸다.
나는 여러 사람 앞에서 폭군처럼 군림하며 나에게 모욕과
창피함을 준 아버지를 죽이고 싶었다. 그런 아버지의 야만
이 죽기보다 싫었다.

나는 눈물을 머금고 이빨을 꽉 옹물었다. 몸이 부르르 떨
렸다. '아버지만 아니라면…….' 하는 생각이 불쑥 들었고,
진짜 아버지만 아니라면 나는 돌멩이를 쥐고서라도 죽기 살
기로 덤벼들었을 것이다.

"너 집에만 와 봐. 그냥 안 둘 텡께."

아버지가 눈을 허옇게 뜨고 나를 노려보았다.

사람들이 흩어졌다.

나는 집에 가 아버지에게 혼날 일보다도 샤모가 걱정되어
견딜 수 없었다. 아무래도 나무 몽치에 맞아 어디 한군데 부
러졌을 것 같았다. 그렇게 코가 빠져 집에 가는데, 헛간 지
붕 꼭대기에서 샤모의 울음소리가 들렸다. 목을 길게 빼고
머리를 내두르며 온 천하를 향해 우는 그 울음은 자기가 싸
움에서 이겼다는 사실을 만천하에 고하는 그런 울음이었다.

부엌에서 밥 짓는 냄새가 문틈으로 스며들었다. 똑똑똑 마늘 다지는 소리, 엄마와 아버지의 두런거리는 말소리가 들렸다. 나는 일어날 시간이 지났지만 이불을 다리 사이에 끼고 요 위에서 뒤척였다. 고즈넉하고 평화로운 아침 시간이 나는 좋았다.

엄마가 들어와 방문을 활짝 열어젖혔다. 찬바람이 훅 끼쳐들고 나는 반사적으로 이불 속으로 파고들었다. 그러는 걸 엄마가 일어나라며 이불을 확 젖혔다.

"얼른 일어나 외할머니허구 외할아버지헌테 가 아침 드시게 오시라고 혀."

엄마 말에 잠이 덜 깬 내가 물었다.

"왜? 오늘이 무슨 날이간?"

"날은 무슨 날여? 닭 잡았으니께 오셔서 국 한 그릇 잡수시란 거지."

나는 갑자기 어리둥절해졌다. 무슨 닭을 잡았다는 것일까? 전에도 명절이나 아버지 생신 같은 때 닭을 잡아 할머니 할아버지 오시게 하여 먹은 적은 있었다. 그러나 오늘은 아무 날도 아니지 않은가?

그러다 순간 불길한 예감이 번개처럼 스쳐 지나갔다. 나는 부리나케 밖으로 뛰어나갔다. 샤모가 보이지 않았다. 아버지는 끝내 나 몰래 샤모의 목을 비틀었고, 그날 이후 나는 밥도 먹지 않으며 아버지의 야만적인 처사에 오래도록 저항했다.

새엄마

“다음 문제를 보자.”

선생님이 칠판 쪽으로 돌아서며 말했다.

“가로 120, 세로 150 미터 되는 땅에 나무를 심으려고 한다. 나무 한 그루가 차지하는 면적이 25 평방미터일 때 모두 몇 그루의 나무를 심을 수 있을까?”

문제를 읽고 난 선생님이 아이들을 휘 둘러보았다.

“자, 누가 나와 풀어 볼래?”

선생님 말에 아이들 모두 고개를 숙였다. 눈길을 마주치지 않기 위해서였다.

“신병근. 병근이가 나와서 해 봐.”

병근은 자기가 지목되자 가슴이 덜컥 내려앉았다. 그가 엉거주춤 일어서며 뒤통수를 긁었다. 앞이 캄캄했다. 한 번도 들어 보지 못한 문제였다.

아무래도 재수 옴 붙은 날이었다. 가뜩이나 아침에 아버지가 한 말로 정신이 없는데 선생님은 또 그런 보도 듣도 못한 문제를 풀라고 했다.

병근이가 일어선 채 미적거렸다. 그러다 선생님이 다그치자 마지못해 칠판 앞에 나와 섰다.

병근의 몸집이 선생님보다 더 컸다. 학교에서 덩치가 제일 큰 아이는 남주였지만 병근이는 이상했다. 병근이는 지난해까지만 해도 키나 몸집이 볼품없이 작았다. 그런데 올 들어, 특히 5학년이 되고부터 몰라보게 쑥 커 버렸다. 얼굴 광대뼈가 불쑥 튀어나왔고 코밑이 숯 검댕을 바른 듯 거뭇거뭇했다. 남주와 같이 있으면 누가 더 큰지 알 수 없을 정도였다.

"모르겠는데요."

병근이가 얼굴을 붉힌 채 분필을 들고 머뭇거렸다.

"뭐야? 이 녀석 덩치는 인왕산 호랑이만 해 가지고."

선생님이 병근의 두 귀를 잡고 박치기했다. 병근이가 오만상을 찌푸리며 이마를 손으로 감싸 쥐었다.

"정말 인왕산에 호랑이가 있어요?"

아이들 말에,

"있지, 그럼."

"얘기해 주세요."

갑자기 교실 안이 소란스러워졌다. 그러나 선생님은 또 이야기해 주지 않을 것이다. 선생님은 늘 몸집이 큰 아이를 보고 인왕산 호랑이만 하다고 했다. 인왕산은 서울에 있는 산인데 그곳 호랑이가 우리나라 호랑이 가운데 제일 크다는 것이다. 그러나 이야기는 늘 거기에서 끝났다.

"지금 그 얘기할 때가 아니다. 누가 나와 풀어 볼래? 경락이? 좋아! 최경락, 나와 한번 풀어 봐."

경락이가 나와 문제를 풀자 선생님이 아예 설명까지 해 보라고 하였다.

"가로가 120, 세로가 150 미터니까⋯⋯."

경락이가 칠판에 붙어 설명하기 시작했다. 그러나 그 말이 병근의 귀에는 하나도 들어오지 않았다. 그의 머리속엔 한여름 하루살이 떼 엉키듯 복잡한 생각들이 마구 뒤엉켜 있었다. 아침에 그의 아버지가 한 말, 오늘 새엄마가 올 것이라는 말 때문이었다.

학교에서도 온통 그 생각뿐이었다. 지금까지 아버지는 한 번도 그런 말을 입에 담은 적이 없었다. 그런데 오늘 아침 난데없이 그 말을 했던 것이다.

새엄마라는 말에 한동안 잊고 있던 엄마 생각이 났다. 엄마가 집을 나간 지도 벌써 다섯 해가 되었다.

손톱을 물어뜯으며 창밖을 보았다. 푸른 하늘에 흰 구름이 떠가고 화단에 능소화가 주홍빛으로 피어 있었다. 꽃을 바라보는 병근의 눈길에 엄마의 얼굴이 어렴풋이 떠올랐다. 얼굴이 동그랗다는 것 외엔 이제 잘 생각도 나지 않았다.

학교 끝나고 집에 오는데 마음이 무거워 발걸음이 떨어지지 않았다. 문을 열고 들어서니 병숙이가 마당에 나와 있었다.

"아버지는?"

병근의 말에 병숙이가 고개를 가로저었다. 아버지는 아직 오지 않았다. '그렇다면 새엄마도?' 하는 생각에 팽팽히 조여졌던 긴장의 끈이 조금 풀렸다.

"밥 먹었니?"

병숙이가 고개를 끄덕였다. 뱃속에서 꼬르륵 소리가 났

다. 부엌에 들어가 솥뚜껑을 열었다. 솥 안에 밥사발이 덩그마니 놓여 있었다. 밥사발을 부뚜막에 내놓았다. 쌀이라곤 눈을 씻고 찾아도 찾을 수 없는 꽁당보리밥이었다.

밥을 먹고 있는데 병숙이가 들어왔다. 병숙이가 아무 말 없이 옆에서 서성였다. 예전엔 없던 행동이었다. 무슨 할 말이라도 있는 듯한 눈치였다.

"아버지 언제 온다는 말 없었니?"

병숙이가 고개를 끄덕이며 이빨로 손톱을 물어뜯었다. 저 애도 새엄마가 온다니까 저러나 보다, 생각하니 자기도 모르게 신경질이 솟구쳤다.

병근이는 화가 난 사람처럼 마구 밥을 입에 퍼넣었다. 마지막 남은 밥알까지 핥아먹은 후 밖으로 나왔다. 땅에서 푹푹 찌는 더운 열기가 사정없이 올라왔다. 갑자기 서늘한 부엌에 있다 나오니 햇살에 눈이 부셔 어지러웠다.

마루에 걸터앉아, 오늘은 밖에 나가지 말아야지, 다짐했다. 다른 때 같으면 어림없는 일이었다. 그러나 오늘은 이대로 집에 있기로 했다. 언제 아버지가 새엄마와 함께 나타날지 모르기 때문이었다.

해는 중천에 떠 있었다. 가만히 있는 데도 땀방울이 등줄기를 타고 흘렀다. 미루나무 꼭대기에서 울어 대는 매미 소리가 칠월 무더위를 뒤흔들어 놓았다.

새엄마가 왔다.

기다림에 지쳐 깜뭇 잠이 들었나 싶었는데 누군가 어깨를 왁살스럽게 흔들었다. 깜짝 놀라 일어났다. 방안을 둘러보니 아버지가 서 있고 아버지 옆에 처음 보는 여자가 서 있었다. 눈을 비비고 다시 둘러보았다. 병숙이가 궁금해서였다. 어느 새 병숙이도 일어나 방구석에 오도카니 앉아 있었다.

윗방으로 가려는데 낯선 아이 하나가 또 눈에 띄었다. 처음 보는 아이였다. 병숙이 또래 되는 계집아이였다. 그 애가 엉거주춤 낯선 여자 뒤에 붙어 서 있었다.

"너 어디 가니? 여기 앉어 봐."

병근이 아버지가 병근이에게 말했다. 마지못해 자리에 앉았다.

"저녁은 먹었니?"

"저녁 먹었냐고."

병근이가 아무 말도 하지 않자 그가 다시 병숙이에게 물었다. 병숙이가 고개를 끄덕였다.

열어 놓은 방문으로 눅눅한 바람이 불어왔다. 무논의 개구리 떼 울음소리가 마당을 가로질러 문지방에까지 와 닿았다.

"선자야, 너두 이리 와 앉어라."

아버지 말에 처음 보는 여자가 먼저 앉고 그 옆에 계집애가 무릎을 꿇고 앉았다. 여자가 계집애를 한 팔로 감싸자 계집애가 기다렸다는 듯이 여자 품에 몸을 기댔다.

"병근이 너 이제부터 내 말 잘 들어. 먼저 여기 새엄마헌티 인사부터 혀. 병숙이 너두."

그러나 병근은 시큰둥히 앉아 있었다.

"병숙이나 병근이나 앞으로 이 아줌마헌테 엄마라고 혀. 그리구 선자는 여기 이 병근이 헌테 오빠라고 허구. 선자 나이가 몇이지?"

"야가 열 살 아잉교."

"선자가 열 살이면 병숙이 니가 언니라고 허야겄다."

병근이 아버지가 말을 마친 후 큼큼 헛기침을 했다. 여자 말에 병근이는 깜짝 놀랐다. 처음 들어 보는 말투였다. 게

다가 아버지도 어느 땐 그 여자 말투를 섞어 쓰지 않는가.

여자를 곁눈질로 살폈다. 얼굴이 길쭉하고 턱이 뾰족했다. 파마를 했는지 머리칼이 곱슬거리고 얼굴에 비해 몸집이 뚱뚱했다. 아버지보다 나이가 많을까? 언뜻 보아 그런 것 같았다. 여자 옆에 찰싹 붙어 있는 계집애는 여자처럼 얼굴이 길지 않았다.

어색한 침묵이 흘렀다. 병숙이가 졸린지 하품을 크게 했다. 말없이 앉아 있는 병근의 가슴속에 주먹만 한 불만 덩어리가 치밀어 올랐다. 달빛에 묻어 오는 개구리 소리가 귀에 따가웠다. 아버지가 담배에 불을 붙였다. 매캐한 연기가 방 안 가득 퍼졌다.

"내도 한 대 주이소."

여자가 말했다.

"애들 앞에선 피우지 마라!"

병근이 아버지가 말했다. 그러면서 그가 신경질적으로 불붙은 담배를 재떨이에 눌러 껐다. 목소리에 위압감이 잔뜩 묻어 있었다. 여차 하면 누구라도 한 번 칠 기세였다.

병근이 속으로 흠칫 놀랐다. 아버지의 화난 기세 때문이 아니었다. 여자가 한 말 때문이었다. 나도 한 대 달라니, 그럼 담배를 피운단 말인가?

"거 저, 아까 산 과자나 좀 내나 봐라."

아버지가 목소리를 낮추어 말했다. 조금 전 신경질을 낸 것에 대해 미안하다는 뜻이 배어 있는 말투였다. 여자가 안고 있던 보자기를 끌렀다. 과자 봉지가 나왔다. 꽈배기도 있고 빵도 있었다.

"자, 하나씩 묵으라. 병숙이 니도 이리 와 묵고."

아버지가 봉지를 뜯어 과자를 풀어 놓았다. 그러나 아무도 손대지 않았다. 아버지가 꽈배기 하나 빵 두 개를 병숙이에게 건넸다. 병숙이가 받아 쥘 뿐 먹지 않았다.

"자, 묵으라. 니도 하나 묵고."

아버지도 새엄마와 같은 말투를 썼다. 아버지가 새엄마 앞으로 과자를 밀어 놓고 꽈배기를 집어 와삭 깨물었다.

"니는 안 묵나? 자슥! 안 묵을라면 마 관둬라!"

아버지가 병근이 앞에 놓인 과자를 가져다 계집애에게 주었다. 계집애가 쥐새끼 참외 갉듯 앞 이빨로 꽈배기를 갉작갉작 갉아먹었다.

오줌이 마려웠다. 아랫배가 끄먹하게 땡기고 사타구니에 묵직한 돌멩이가 얹혀 있는 것 같았다.

“그만 자자. 야들도 피곤할 테니.”

어색한 자리를 피하려는 듯 아버지가 말했다.

병근이 먼저 일어나 밖으로 나왔다.

달빛에 하얀 개구리 떼 울음이 발에 밟혔다. 마당 가 호박 덩굴 앞에서 오줌발을 세웠다. 하늘을 보니 희미한 달무리가 졌다. 오줌이 다 나오자 자기도 모르게 진저리가 쳐졌다.

조심조심 걸어 윗방으로 갔다. 윗방은 말이 방이지 안방 옆에 붙어 있는 창고 같은 곳이었다. 벼 가마니나 곡식 자루 따위가 어지럽게 널려 있었다.

되는 대로 누웠다. 잠이 오지 않았다. 달빛이 따라 들어와 방안을 비추었다. 문득 안방을 한번 들여다보고 싶었다. 아무래도 병숙이가 자지 않을 것 같아서였다.

길게 숨을 몰아쉬었다. 자기도 모르게 눈물이 핑 돌았다. 숯불처럼 뜨거운 기운이 아랫배에서부터 목젖까지 치밀어 올랐다. 엄마 생각이 났다. 이젠 엄마 얼굴을 떠올리려 해도 떠오르지 않았다. 눈도 코도 희미한 안개에 가려져 있는 것 같았다.

눈물이 또르르 굴러 귓속을 파고들었다. 깊이 숨을 들이마신 후 천천히 내뱉었다. 눈물의 차가운 감촉이 귀에 닿아

간지러웠다. 돌아누웠다. 왁자하던 개구리 소리가 뚝 멎었다. 언젠가 엄마 생각을 하지 말라던 아버지의 말이 떠올랐다. 그때 아버지는 술에 취해 있었다. 아버지는 엄마가 집을 나간 후 오랫동안 술만 퍼마시며 울었다.

'엄마는 어디 계실까? 어디 먼 곳에 계실까? 하늘보다 먼 곳? 우리가 보고 싶지도 않으신가?'

병근이 아버지가 학교에 왔다. 선자라는 그 계집애를 데리고. 그가 학교에 온 걸 처음 본 아이는 경락이었다. 첫째 시간 끝나고 쉬는 시간이었다. 난데없이 경락이가 교실에 뛰어들어, 저기 병근이 아버지 아니냐고 소리쳤다. 아이들이 모두 유리창가로 몰렸다. 병근이도 창가로 가 보았다. 정말 아버지였다. 얼굴이 화끈 달아올랐다. 아버지는 어지럽게 얽혀 마구 뛰어노는 아이들 사이를 헤치며 운동장 한 가운데로 걸어오고 있었다.

"저 앤 누구냐?"

누군가가 병근이에게 물었다. 그 말이 병근의 이마를 돌멩이처럼 딱 때렸다. 갑자기 아무 생각도 나지 않고 어지러웠다. 높은 나뭇가지에 올라 대롱대롱 매달렸을 때보다 더 아찔했다. 모른다고 얼버무렸다. 그러면서 생각했다. 아마도 저 계집애를 우리 학교에 전학시키려나 보다.

선생님께서 여러 나라 수도首都에 대해 말씀하셨다. 미국과 소련, 그리고 우리나라와 가까이 있는 일본과 중국에 대해서도 말씀하셨다.

"병근이 넌 안 쓰니?"

선생님 말씀에 퍼뜩 정신이 들었다. 연필을 세워 몇 자 적었다. 그러다 또 다시 다른 생각에 빠져들었다. 기어코 올 것이 오고야 말았다는 생각이었다. 다시 아이들이 누구냐고 물으면 그 땐 뭐라고 해야 하나? 그냥 아버지가 데려온 어떤 여자의 딸이라고 해야 하나? 아님 새로 생긴 동생이라고 해야 하나? 그러나 그럴 수 없었다. 동생이란 말은 죽어도 입 밖에 나올 것 같지 않았다.

'우씨, 내일부터 학교에 나오지 말까?'

'며칠 후면 방학인데 확 도망가 버릴까?'

여러 생각이 들었지만 뾰족한 답이 나오지 않았다. 그는 자기도 모르게 어금니를 꽉 물었다. 연필 끝을 광대뼈에 대고 꾹 눌렀다. 눈물이 나올 정도로 아팠다. 그러나 그는 더 세게 힘을 주어 눌렀다. 살갗이 얼얼하고 눈물이 삐죽 솟았다. 그런데 이상했다. 그렇게 얼굴이 아픈데도 가슴은 후련했다. 수업 시간 끝나는 게 무서웠다. 또 누가 그 계집애에 대해 물어 올지 몰랐다. 종이 나기 전 뾰족한 답을 마련해 둬야 하는데, 머리가 터질 것 같았다. 수천 마리 벌 떼가 한꺼번에 머릿속에서 윙윙대는 것 같았다. 책상에 대고 연필 끝을 꽉 눌렀다. 연필심이 뚝 부러졌다. 병근은 연필처럼 자기도 팔 다리 어딘가가 부러져 불구가 되었으면 싶었다.

부리나케 집으로 왔다. 다른 때 같으면 아이들하고 늘 같이 오던 길이었다. 그러나 병근은 학교가 끝나자마자 집에까지 후다닥 혼자 달렸다.

뙤약볕에 숨이 콱콱 막혔다. 산도 들도 마을도 찌는 더위에 축 늘어졌다. 길가의 개망초도 울타리를 타고 올라간 호박 넝쿨도 흐물흐물 맥없이 늘어졌다. 이따금 허공을 가르는 매미 소리가 칠월 한낮의 무더위를 잡아 흔들었다.

집에 오니 새엄마와 계집애가 안방에 앉아 문을 활짝 열어 놓고 있었다. 여자가 문틀에 몸을 기댄 채 부채질하고 있고, 계집애가 먹다 남은 꽈배기를 앞 이빨로 갉작거리고 있었다. 병숙이가 보이지 않았다. 두리번거리며 찾는데 뒤꼍에서 걸어 나왔다.

저것들이 방을 다 차지하고 있다고 생각하니 울화가 뻗질렀다. 가방을 마루에 쾅 내던지며 여자와 계집애를 쏘아보았다.

"아버진?"

일 나갔다고 했다. 여자는 병근이나 병숙이를 본체만체했다.

"밥 먹었어?"

병숙이가 고개를 끄덕였다. 부엌에 들어갔다. 밥을 우겨넣었다. 목구멍이 끄먹하게 막히고 딸국질이 났다.

저녁에 평대 엄마가 왔다. 병근이 불도 켜지 않고 윗방 바람벽에 몸을 기대고 있을 때였다.

"병근인 어디 갔니?"

뭐라 웅얼대는 병숙이 목소리가 들렸다. 병근은 나가 인사를 할까 하다 그만두었다.

"나 이 위 사는 평대 엄니유."

평대 엄마 목소리였다. 이웃 간에 사람이 새로 왔다 하여 인사차 온 것 같았다. 두 사람의 목소리가 문틈으로 스며 들

었다. 평대 엄마 목소리는 느리고 조용한데, 새엄마 목소리
는 빠르고 억셌다.

"쩌 아래 겡상도서 살다 마 이기로 온 게 벌써 6년째라요."

"읍내 광산 근처 식당서 일허다 이리 안 왔능교. 거기서
이 집 아저씨도 만났고요."

여자 말에 병근은 그녀가 아버지를 만나 여기까지 오게
된 내력을 알 수 있었다.

다음 날부터 선자 년도 학교에 다녔다. 아버지가 그에게
학교 잘 데리고 다니라고 일렀지만 그는 들은 척도 하지 않
았다. 아침에 학교 갈 때에도 그는 누가 볼세라 혼자 먼저
뽀르르 가 버렸다.

여름 방학이 끝나고 이 학기에 접어들면서 선자의 말투가
학교 전체에 퍼졌다. 지금까지 한 번도 경상도 말을 접해 본
적이 없는 아이들에게 그 애가 하는 말은 매력적이다 못해
신기하기까지 했다. 아이들은 저마다 과장되게 억양을 올리
기도 하고, 되든 안 되든 말끝마다 '~카더라, ~했데이'를
붙이며 키득거렸다.

그 때마다 병근의 속은 부글부글 끓어올랐다. 한두 놈이
라면 당장 쫓아가 요절을 낼 수도 있었지만 이건 그럴 수도

없었다. 그는 쉬는 시간에도 밖에 나가지 않았다. 책상에 웅크리고 앉아만 있었다. 그는 머리를 가슴팍에 묻고 신음했다. 주먹을 움켜쥔 채 부르르 떨었다. 그는 자신이 갑자기 아무도 없는 허허벌판에 버려진 것 같았다. 모든 게 선자 저년 때문이었다. 그가 눈을 허옇게 치뜨고 선자를 노려보았다.

갈수록 병근은 자기의 처지가 벼랑 끝으로 내몰리는 것 같았다. 그는 다른 아이들과도 어울리지 않았다. 그는 늘 거무칙칙한 오물덩어리가 등에 붙어 떨어지지 않는 듯 불쾌하고 화가 나 있었다. 갈수록 말도 줄어들었다. 원래부터 말을 많이 하지 않았지만 새엄마가 오고부터 그의 말수는 눈에 띄게 줄었다. 대신 화가 날 때면 양 미간이 일그러지고 이빨을 앙다물어 바짝 마른 볼에 턱뼈가 불끈 솟았다.

선자가 학교에 경상도 말을 퍼뜨린 것 외에 그를 화나게 하는 일이 또 있었다. 새엄마라는 여자가 집에서 하는 짓이었다. 병근이 볼 때 그 여자는 하루 종일 손가락 하나 까닥

하지 않고 방에서만 뒹굴
었다. 아버지가 집에 있는
날엔 빨래도 하고 반찬도 만들
었지만, 아버지가 없는 날엔 밤벌레
처럼 방에서 뒹굴기만 했다.

게다가 그 여자는 담배를 피우고 술을 마셨다. 학교 갔
다 오면 방바닥에 술병이 나뒹굴었고 그 여자는 널부러져
자고 있거나 문지방에 다리를 괴고 앉아 볼이 꺼지도록 담
배를 빨았다. 술을 마시면 얼굴이 벌개진 채 흥얼흥얼 노래
를 하기도 하고, 멍하니 먼 산보기를 하다가 흑흑 흐느껴 울

기도 하였다.

그런 날이면 병근은 골방에 처박혀 별별 생각에 사로잡혔다. 갑자기 집에 불이라도 나 모두 타 죽어 버리든가, 제 손으로 저 여자와 선자 년을 죽이고 아무도 모르는 곳으로 도망가 버리든가 하는 생각이 스멀스멀 솟아올랐다.

그런데 희한한 것은 그런 끔찍한 생각들이 치밀어 오르면 오를수록 엄마 생각이 더 간절하게 난다는 것이었다. 새엄마가 하는 짓이 한심할수록 집 나간 엄마 생각이 새록새록 돋아났다. 그 때마다 그는 자기도 모르게 손톱 밑 살점을 물어뜯었다. 눈물이 콧잔등을 타고 흘렀지만 그는 닦지도 않고 어둑한 방에 처박혀 소리 없이 울었다.

가을이 깊어 갔다. 쇠리쇠리 내리쬐는 햇볕에 벼 이삭이 노랗게 여물어 갔다. 그런 어느 날, 교실에 들어서면서 남주가 소리쳤다.

"헤이, 겡상도 문딩이! 니 사회책 있나? 있으면 마 줘 바라."

아이들 시선이 일제히 남주에게 쏠렸다. 한동안 뜸하던 경상도 사투리가 난데없이 교실에 울렸기 때문이었다. 의

자에 앉아 있던 병근이 남주를 차갑게 쏘아보았다. 그러나 남주는 그런 병근의 눈길에 아랑곳하지 않고 장난기 넘치는 목소리로 다시 말했다.

"야, 신뼹근이. 니 사회책 있지? 있으면 마 줘 봐라."

그러면서 남주가 빙긋빙긋 웃었다. 병근은 남주의 말에 아무 대꾸도 하지 않았다. 병근이 꿈쩍도 하지 않자 남주가 병근에게 다가갔다.

"햐, 이 자슥 봐라. 으른이 말하는데 말이 말 같지 않나 보네?"

남주가 키득대며 시비조로 말했다. 병근이 고개를 돌려 다시 남주를 쏘아보았다. 그의 눈빛이 사금파리보다 더 차갑게 빛났다. 툭 튀어나온 광대뼈 밑 옹다문 턱뼈가 불끈 솟았다.

병근이 자리에서 벌떡 일어나며 주먹으로 책상을 쾅 내리쳤다. 그가 남주를 노려보며 부르르 몸을 떨었다. 눈에 눈물이 그렁그렁 괴었다.

"어쭈, 이 새끼 봐라. 그래, 한번 해 보자 이거야?"

돌연 남주의 얼굴도 차갑게 굳어졌다. 교실의 공기가 급속히 얼어붙었다. 그 때까지 보고만 있던 평대가 둘 사이에 끼어들었다.

"남주, 너 왜 그래? 가만있는 애한테."

평대 말에

"개새끼! 없으면 없다든가 무슨 말을 해야 할 거 아냐. 그리고 니가 째려보면 어쩔래?"

남주가 병근의 어깨를 확 떠밀었다.

"니가 먼저 경상도 문둥이라고 놀렸잖아."

"겡상도 문딩이를 겡상도 문딩이라 카지 그럼 뭐라 카노. 우리 삼춘이 그라는데 겡상도 사람은 다 보리 문딩이라 카더라."

하는 순간 병근이 남주를 덮쳤다.

순식간의 일이었다. 책상과 걸상이 우당탕 넘어지고, 바닥에 깔려 버둥대던 남주가 으악 비명을 질러댔다. 삽시간에 아이들이 벌떼처럼 몰려들었다.

남주는 같은 학년에서도 덩치가 크고 싸움을 제일 잘했다. 웬만한 아이들은 그가 시비를 걸어도 지레 겁을 먹고 자리를 피했다. 이 점은 병근이도 예외가 아니었다. 처음부터 병근이는 남주와 맞붙어 싸울 생각이 없었다. 그러나 경상도 보리 문딩이라는 말을 듣고 나서 병근은 피가 거꾸로 치

솟았다.

두 덩치가 엎어져 싸우느라 교실은 금방 아수라장이 되었다. 병근이 남주의 어깨를 짓누르며 목덜미에 얼굴을 파묻고 우아아 짐승처럼 울부짖었다. 밑에 깔린 남주가 몸을 뒤틀며 안간힘을 썼다. 그러나 허사였다. 그는 얼굴을 찡그린 채 비명을 질러 대며 팔 다리를 허우적거릴 뿐이었다.

평대가 달려들어 병근을 떼어 놓았다. 그러나 그럴수록 병근은 남주의 목덜미에 얼굴을 파묻고 모질음을 쓰며 울부짖었다. 남주가 단말마의 비명을 질러댔다.

선생님이 오시고서야 싸움은 끝이 났다.

"왜 싸웠는지 말을 해."

선생님께서 다그쳤다.

"제가 병근이한테 사회책 있냐고 물어봤거든요. 그런데 애가 갑자기……"

남주가 어깨를 움켜쥔 채 우물거렸다. 그러는 그를 병근이 쏘아보며 씩씩거렸다. 여차하면 다시 덤벼들어 물어뜯을 기세였다.

"너 이 놈아, 어떡하려고 사람을 이렇게 물어뜯어?"

선생님이 옷깃을 헤쳐 남주의 어깨를 살폈다. 이빨 자국이 선명히 박혀 있고 죽은피가 엉켜 시퍼렇게 독이 올랐다.

"이 놈 이거 큰일 날 놈이네. 임마, 할 말 있으면 말로 해야지 이게 뭐야? 니가 개야 늑대야?"

선생님이 병근의 머리칼을 쥐고 흔들었다. 병근의 눈에서 굵은 눈물방울이 떨어졌다. 그가 어깨를 들썩이며 흐느꼈다.

"울긴 뭐 잘 했다고 울어!"

선생님이 호통치며 둘 다 교무실에 가 꿇어앉아 있으라고 했다.

아무도 병근이에게 말을 걸지 않았다. 남주도 병근이 근처에 얼씬도 하지 않았다. 학교에서뿐만 아니라 집에서도 그랬다. 새엄마는 병숙이에겐 말도 붙이고 밥도 같이 먹었다. 병숙이를 불러다 선자와 같이 놀도록 했고, 공부도 같이 하라며 과자부스러기나 누룽지 따위를 주기도 하였다.

그러나 병근은 본체만체하였다. 한 번도 먼저 말을 걸거나 밥 먹으라고 부르는 일이 없었다. 그는 늘 화가 난 채 혼자 밥을 먹었다.

병근이와는 다르게 새엄마는 병숙이한테는 잘했다. 그녀는 선자와 다름없이 병숙이를 먹이고 입혔다. 그러나 그럴수록 병근이는 입가에 야릇한 웃음을 물곤 했다. 그래 봤자 그게 다 병숙이를 위해서가 아니라, 선자 저년을 위해서 하는 짓이라는 것을 꿰뚫고 있는 것 같았다.

갈수록 그는 골방에 처박혔다.

그는 점점 더 외톨이가 되어 갔다.

그의 가슴에 돌덩어리 같은 불만이 무럭무럭 쌓였다.

겨울이 다가오고 있었다. 아침에 일어나면 빨랫줄에 서리가 하얗게 엉키고 쌀랑한 바람이 낙엽을 운동장 구석에 몰아 붙였다. 병근은 학교 유리창 틀에 박혀 있는 레일을 뽑아 칼을 만들기 시작했다. 그는 그 일에 온갖 정성을 기울였다. 펜치로 한쪽 끝을 물고 돌이나 쇠모루에 대고 망치로 내리치면 파란 불꽃이 번쩍번쩍 튀었다. 그는 턱뼈가 불끈 솟도록 입을 꽉 다문 채 쇠 도막을 쾅쾅 내리쳤다. 쇠 도막이 점점 얇게 펴졌다. 귀청을 찢는 망치 소리와 쇠에서 튀어 오르는 불꽃이 그를 이상야릇한 흥분으로 몰아넣었다.

쇠 도막이 물고기 비늘처럼 얇게 펴지자 그는 그것을 숫

돌에 문지르기 시작했다. 쇳날에 갈린 돌가루가 물에 뿌옇게 섞여 들었다. 날이 서기 시작했다. 어찌나 정성들여 갈았는지 버들잎처럼 갸름해진 칼날이 하얀 빛을 내며 반짝였다. 한쪽 눈을 감고 칼날의 상태를 살피며 그는 칼의 날을 곧고 하얗게 세워 나갔다.

손잡이까지 해 박자 훌륭한 칼이 완성되었다. 그는 숫돌에 날을 몇 번 문지르다 말고 옆에 있는 나무를 콱 찍어 보았다. 힘주어 빼지 않으면 뽑히지 않을 만큼 칼날이 나무 깊숙이 박혔다. 그의 입술에 흡족한 미소가 번졌다. 가슴 속 진흙더미처럼 쌓여 있던 불만이 봄눈 녹듯 사르르 녹아내리는 것 같았다. 그는 칼날을 손등에 대고 문질러 보았다. 살갗의 껍질이 허옇게 일면서 면도칼로 훑은 듯 털이 잘려 나갔다. 그는 이제 이 칼만 있으면 세상에 두려울 것이 없을 것 같았다.

인기척이 없었다. 병숙이도 선자 년도 보이지 않았다. 가방을 마루에 쾅 내던졌다. 그제야 문이 빼꼼히 열렸다. 문틈으로 얼굴을 내민 건 선자 년이었다. 곧이어 병숙이가 문을 열고 나왔다. 그가 병숙이를 힐끔 쳐다보았다. 손에 고구마가 들려 있었다.

방에서 불난 집 연기 나듯 담배 연기가 끄물끄물 새어 나왔다. 새엄마가 또 담배를 피운 것이다. 방바닥에 소주병이 나뒹굴었다.

　방안에 들어서니 매캐한 담배 연기와 술 냄새가 코를 찔렀다. 병근이 우뚝 서서 새엄마를 노려보았다. 그러나 그녀는 볼이 꺼지도록 담배를 빨아 연기를 뱉아낼 뿐 병근이에겐 눈길 한 번 주지 않았다. 기침이 나왔지만 목에 힘을 주어 참았다. 그녀가 손바닥에 재를 털며 병근이를 올려다보았다. 길쭉한 얼굴에 눈빛이 흐렸다. 왜 그렇게 장승처럼 서 있냐는 눈치였다. 병근이 윗방으로 넘어가며 문을 쾅 닫았다.

　"오빠, 고구마 먹어."

　병숙이가 고구마 든 그릇을 들고 들어왔다. 배에서 꼬르륵 소리가 났다. 주먹만 한 것 하나를 들고 주머니 속 칼을 꺼냈다. 고구마를 짓이기듯 조각조각 썰어 한 조각 한 조각 칼끝으로 찍어 먹었다. 닫힌 문틈으로 담배 연기가 스멀스멀 스며들었다.

　문창호에 고인 빛이 시나브로 어두워갔다. 이대로라면 아마도 저녁밥 같은 건 먹지도 않을 것이다. 이불을 깔고 누웠다. 굴뚝에서 솟아올라 낮은 하늘로 퍼져 가는 저녁연기처럼 아련히 엄마 생각이 났다.

‘엄마는 어디 계실까?’

엄마에 대한 바보 같은 생각이 실타래에서 실이 풀리듯 풀려나왔다.

‘하늘나라에 계실까, 아님 내가 모르는 먼 곳?’

이런 생각들이 갈피없이 번져 나갔다.

눈물이 또르르 흘러 콧잔등에 괴었다.

엄마가 산등성이를 넘어 오고 있었다. 마을 사람들이 외지外地로 나갈 때 넘는 고개를 넘어 엄마가 집으로 돌아오고 있었다. 병숙이와 함께 엄마를 소리쳐 불렀다. 옆에 아버지도 계셨다. 아버지는 울고 있었다. 엄마가 다가오고 있었다. 그러나 이상하게 품에 안길 수 없었다. 물속에 가라앉아 햇빛에 반사되는 어떤 물체처럼 엄마의 모습이 어른거렸다. 그렇게 엄마가 허공에 둥둥 떠 일렁이고 있었다. 가까이 가면 갈수록 멀어지고 또 가까이 가면 멀어지고. 분명 커다란 부피로 옆에 있으면서도 그림자처럼 만져지지 않는 엄마였다.

엄마가 어느 새 방에 들어와 있었다. 그러면서 순식간에 엄마 얼굴과 새엄마 얼굴이 겹쳐 보였다. 병근은 자기도 모르게 움찔했다. 왜 엄마와 새엄마 얼굴이 하나로 겹쳐 보이는지 알 수 없었다. 새엄마의 길쭉한 얼굴이 도드라져 보이면서 엄마 얼굴이 점점 사라졌다. 그가 희미해져 가는 엄마 모습을 쫓아 울부짖었다. 아버지가 눈을 부라리며 '너 새엄마한테 엄마라고 하니?' 했다. 그 말이 아주 또렷하게 들렸다. 아무 말도 하지 않자 아버지가 새엄마에게 물었다. 그녀가 깔깔대며 '새엄마? 좋아하네. 저 소 잡아먹은 귀신이?' 했다. 아버지의 주먹이 뺨에 날아들었다. 그가 왜 때리느냐며 대들었다. 다시 한 번 주먹이 날아들었다. 순간 주머니 속 칼을 빼들었다. 칼을 쥔 손이 부르르 떨렸다. 아버지가 뒷걸음질쳤다. 새엄마가 깔깔대고, 선자 년이 경상도 말로 알아듣기 힘든 말을 씨불거렸다.

깜짝 놀라 눈을 떴다. 꿈이었다. 사방이 고요하고 어두웠다. 일어날까 하다 그대로 누워 있었다. 그 때였다. 방문이 열리고 누군가가 어둠 속을 기어 넘어왔다. 아버지인가 싶었지만 아니었다. 검은 물체가 문지방을 넘더니 무릎걸음으로 병근이 옆으로 파고들었다. 덜컥 겁이 났다. 가슴이 쿵쿵 뛰고 쪼르륵 쪼르륵 피 마르는 소리가 들리는 것 같았다. 얼핏 주머니 속 칼을 생각했다. 그러나 칼은 잠들기 전 머리맡에 빼 놓았다. 누구야, 소리칠까 했지만 목구멍이 얼어붙어 아무 소리도 나오지 않았다.

검은 물체가 우두커니 그를 내려다보았다. 캄캄한 방안, 내려다보는 물체가 곡식 자루처럼 웅크리고 있었다. 새엄마였다. 그녀가 병근이 옆으로 파고들었다. 가뜩이나 비좁은 공간에 그녀가 파고들자 병근의 몸이 벼 가마니 쪽으로 바짝 밀렸다. 숨이 컥 막히고 침이 꼴딱 넘어갔다. 그녀의 뚱뚱한 몸이 그를 죄어 왔다. 퉁퉁한 젖가슴이 등에 닿아 뭉클했고 아랫배의 살덩이가 엉덩이에 닿았다.

순간 피가 머리꼭지로 몰려 귓속이 윙윙거렸다. 몸이 화끈 달아오르고 소름이 오스스 돋았다. 일어나려고 했지만 꼼짝할 수 없었다. 가슴이 철사 줄에 묶인 것처럼 답답하게 죄어들었다.

새엄마한테 술 냄새가 났다. 역겨웠다. 그녀가 이상한 신음소리를 내며 몸을 한껏 병근이에게 밀착시켰다. 한쪽 다리를 병근의 다리 위에 올려놓고 힘을 주어 꽉 조였다.

새엄마의 몸이 점점 더 달아올랐다. 돌아누운 그의 귓가에 그녀의 숨결이 더욱 거칠어져 갔다. 그녀가 한손으로 그의 사타구니를 더듬었다. 징그러웠다. 가슴이 터질 듯이 뛰었다. 온몸의 피가 부풀어 올라 혈관 밖으로 뿜어져 나올 것 같았다.

순간 그는 불에 덴 듯 손을 뿌리치며 벌떡 일어나 앉았다. 그가 씨근덕거리며 새엄마를 노려보았다. 새엄마가 죽은 듯이 이불에 얼굴을 묻고 있었다.

그가 문을 박차고 밖으로 나갔다. 겨울 찬바람이 숯덩이처럼 뜨거운 그의 몸을 차갑게 식혔다. 문득 그 여자의 손이 닿은 엉덩이며 아랫도리가 불결하게 느껴졌다. 그는 대야에 물을 떠다 그곳을 피가 나도록 닦고 또 닦았다.

다음 날 병근은 아무 말 없이 집을 나왔다.

봄날

　따스한 햇살이 유리창에 비쳐든다. 노란 병아리 털처럼 부드러운 햇살이다. 창 밖 화단에 목련꽃 꽃망울이 도톰하게 맺혀 있다. 아침저녁으로 쌀쌀한 날씨지만 한낮의 햇볕은 분가루처럼 곱다.

　교실 문을 열고 한 아이가 들어섰다. 여자아이였다. 나보다 한 학년 낮은 5학년, 학교 아래 감골 마을에 사는 아이였다.

　"너도 웅변하러 왔니?"

　여자애가 고개를 끄덕였다.

　웬일인지 그 애가 들어서자 교실 안이 더 환해지는 것 같았다. 그 애가 벽을 보고 돌아섰다. 창밖을 보고 있던 내 얼굴이 순간 붉게 달아올랐다. 빨리 선생님께서 오셨으면 좋겠다.

선생님께서 오셨다. 백중기 선생님이셨다. 이제 곧 웅변대회가 있을 거라고 했다. 저축을 주제로 한 군郡 대회라고 했다.

원고를 새로 쓸 일은 없었다. 지난주에 했던 교내 대회 원고를 그대로 사용하면 된다고 했다. 다만 대회 때까지 방과후 학교에 남아 못 다 외운 원고를 외우며 연습을 하라고 하였다. 선생님 말씀을 듣는 동안 나는 숨을 제대로 쉴 수 없었다. 여자애 때문이었다. 가슴이 두근대고 얼굴이 화끈 달아올랐다.

단발머리에 나비 모양의 머리핀을 꽂은 그 애에게 자꾸 눈길이 갔다. 콧날이 오똑하고 입술이 도톰했다. 꽃잎을 물고 있는 것처럼 아랫입술이 조금 앞으로 나와 있었다.

그 애 옆모습을 훔쳐보며 나는 해서는 안 될 일을 하다 들

킨 사람처럼 가슴이 마구 쿵쿵 뛰었다. 북채로 북을 두드릴 때 나는 소리보다 더 크게 나는 것 같았다.

선생님이 먼저 자리를 뜨고 뒤이어 내가 일어섰다. 그 애도 따라 일어섰다. 곁눈질로 그 애를 살폈다. 짧은 스커트 밑 하얀 스타킹에 눈이 부셨다.

내가 먼저 교실을 나왔다. 잠시 후 그 애가 따라 나왔다. 아이들이 없는 학교가 절간보다 더 고요했다.

운동장가 산수유나무에 노란 산수유 꽃이 도틈도틈 맺혀 있었다. 해맑은 햇살이 텅 빈 운동장에 사금파리처럼 반짝였다.

눈이 부셨다.

땅만 보고 걸었다.

발밑의 그림자가 미끄러지듯 나보다 앞서 갔다.

곁눈질로 그 애를 살폈다. 그 애가 보이지 않았다. 짐짓 걸음을 늦추었다. 그래도 보이지 않았다. 나보다 한참 뒤쳐져 오고 있나 보았다. 뒤통수가 따끔거렸다. 돌아볼까 하다 그만두었다.

교문 앞에서 걸음을 멈추었다. 그 애 집은 우리 집과는 반대 방향이었다. 우리 집은 학교에서 왼쪽으로 거슬러 올라

가야 하고 그 애 집은 오른쪽 산굽이를 돌아가야 했다.

기다렸다 인사하고 갈까 아님 그냥 갈까, 쉽사리 마음이 서지 않았다. 그 애가 옆에 있다면 자연스레 인사하고 가고, 그러면 마음이 한결 가벼울 텐데.

인기척이 없었다. 하는 수없이 발걸음을 떼었다. 집에 오는 동안 소중한 무엇인가를 잃어버리기나 한 듯 마음이 허전했다.

연습이 시작되었다. 무엇보다 원고를 외우는 일이 중요했다. 교내 대회에서는 원고를 보고 해도 되었지만 군 대회에서 보고 하면 감점이었다.

선생님께서 교실에 들러 우리가 외우는 정도를 확인했다. 그런데 이상한 일은 그 애 앞에서 나는 원고가 잘 외워지지 않았다.

뿐만 아니었다. 텅 빈 교실에 그 애와 둘이 남아 연습하는 일이 한편으론 은근히 기다려졌지만, 한편으론 불편하고 쑥스럽고 거북하기만 하였다.

그러기엔 그 애도 마찬가지였나 보았다. 우리는 같은 교실에 있었지만 서로 말도 하지 않고 멀찍이 떨어져 앉았다. 원고도 외우는 둥 마는 둥 가만히 책상에 앉아만 있었다.

그런 우릴 보고 선생님이 웃으며 말씀하셨다. 왜 그렇게 소 닭 보듯 하느냐고. 이리 가까이 와 앉으라고. 그러면 나는 나도 모르게 또 얼굴이 붉어졌다. 외운 원고도 생각이 나지 않아 더듬거렸다. 그럴수록 가슴이 죄어들고 마음이 허뚱거렸다.

그런 어느 날,

"애"

그 애가 돌아보았다.

"이거 네 거지?"

내가 손을 내밀었다. 그 애가 고맙다며 지우개를 받았다. 내 손에 그 애의 보드라운 손끝이 와 닿았다. 진달래 꽃잎처럼 부드럽기만 한 손. 처음으로 말을 걸게 해준 지우개에게 고마움을 느꼈다.

그 애가 앞서 가고 내가 뒤에서 따라가고 있었다. 우리들의 그림자가 구름 사이에 낀 달처럼 운동장 위를 흘러가고 있었다.

“저기 앉았다 갈까?”

내 말에 그 애가 순순히 나를 따라왔다. 나는 걸으며 무슨 말을 할까 속으로 생각했다. 그러나 적당한 이야깃거리가 생각나지 않았다. 귓불이 화끈 달아올랐다.

운동장가 계단에 앉았다. 머리 위 등나무 줄기가 엉켜 있었지만 아직 잎은 돋지 않았다.

“그 옷 누가 사 줬어?”

느닷없이 튀어나온 말에 내가 더 놀랐다. 속으로는 웅변 대회에 대해 말하려고 했는데 엉뚱하게 그만 옷 이야기가 튀어나온 것이다.

“우리 큰 언니가.”

그 애가 손으로 이마의 머리칼을 쓸어 올리며 말했다. 하얀 손가락이 눈부셨다.

“언니? 언니가 뭐 하는데?”

“회사 다녀, 서울에서.”

나는 그만 할 말이 없었다. 그 애에게 큰언니가 있는 줄 몰랐다. 턱을 무릎에 괴고 말없이 신발 끄트머리를 바라보았다. 오래되어 낡고 해진 신발이었다. 볼품이 없었다. 얼른 눈을 돌려 바짓단을 보았다. 색이 바래고 올이 풀려 있었다. 그에 비해 그 애는? 찰랑대는 단발머리에 나비 머리 핀. 그리고 하얀 스타킹과 양쪽으로 끈을 묶는 분홍색 운동화. 나한테도 누나가 있었으면 싶었다.

"원고는 다 외웠니?"

그 애가 고개를 가로저었다. 잘 외워지지 않는다고 했다. 아무도 없는 운동장에 햇살이 소보록하게 쏟아져 내렸다.

"난 올해만 하고 내년부턴 안 할 거다."

그러고 보니 그 애는 작년에도 웅변대회에 나간 일이 있었다.

내년이란 말이 문득 가슴을 후벼 파듯 아프게 들렸다. 그때 나는 이 학교를 졸업해 여기 없을 테고, 그럼 우리는?

내년에도 우리가 이렇게 만날 수 있을까 하는 생각에 마음이 하늘 끝에 닿은 듯 아득해졌다.

"원고는 꼭 외워야 한다."

"정해진 시간도 지켜야 하고."

그 애가 대회와 관련하여 알아야 할 것들에 대해 말했다.

"바래다 줄까?"

교문 앞에서 내가 말했다. 그 애가 싫지 않은 얼굴로 앞서 걸었다. 맑은 날씨에 하얗게 말라 버린 시골길이었다. 길가에 노란 민들레꽃이 피었다. 어떤 것은 하얗게 쇠어 조금만 건드려도 씨앗이 풀풀 날아갈 것 같았다.

산모퉁이를 돌자 갈래 길이 나왔다. 하나는 그 애가 사는 마을로 이어지는 평퍼짐한 길이고 다른 하나는 산자락으로 이어지는 조붓한 산길이었다. 길가 바위에 앉았다. 바래다 주기만 한다면 이쯤에서 돌아가도 된다. 그러나 이대로 헤어지기 싫었다.

"저 위 절에 가 볼래?"

산 위에 조그만 절이 있었다. 절이라기보다는 암자라야 알맞다. 중도 없고 부처도 없었다. 보리알처럼 통통하게 여문 뻐꾸기 소리가 온 산에 울려 퍼졌다. 아직 가꾸지 않은 산밭이 겨울을 난 채 초봄의 햇살을 뒤집어쓰고 있었다.

잠시 쉬느라 오르막길 마른 솔잎 위에 앉았다. 이마에 땀이 배고 숨이 차올랐다. 그 애도 곁에 앉았다. 가쁜 숨에 그 애의 봉긋한 가슴이 오르락내리락거렸다.

멀리 마을이 내려다보였다. 그 애 집이 있는 마을이었다. 연둣빛으로 물들어가는 산 아래 집들이 송이버섯처럼 납작하게 들어서 있었다.

그 애 집은 나무에 가려 보이지 않았다. 산들바람이 건듯 불어왔다. 땀을 식혀주는 바람이 개운하기만 했다.

"저 절엔 누가 사나?"

"모른다."

"사람이 살겠지?"

"응."

그러면서 지난여름 그 애 엄마가 그 절에서 복숭아를 사 다 먹은 일이 있다고 했다.

그 애가 진달래꽃을 꺾어 내게 내밀었다. 가지 끝의 꽃잎 이 햇살에 비치어 연분홍 꽃등 같았다. 서너 잎을 따 입에 넣 었다. 달큼한 맛이 입에 새로웠다.

그 애가 그만 내려가자고 했다. 더 바래다 주겠다고 하 자 한사코 괜찮다고 했다. 아마도 사람들 눈에 띄는 걸 꺼 리는 것 같았다.

돌아오는 길, 길가 바위에 앉았다. 아까 그 애가 앉았던 자리에 앉아 보았다. 그 애의 몸에 내 몸이 겹쳐지는 것 같 았다. 그 애의 따스한 체온이 물 흐르듯 나에게 전해오는 것 같았다. 그러면서 먼 훗날, 나와 그 애가 한집에 사는 부부 가 되어, 우리들 삶이 이렇게 뒤섞일 것 같다는 생각에 가 슴이 떨렸다.

빨리 커서 어른이 되고 싶었다.

그 애가 보이지 않았지만 나는 그 애가 걸어간 하얀 길을 오래도록 바라보았다.

봄이 무르익어 갔다.

연둣빛으로 부풀어 오른 산에 거뭇거뭇 진초록이 섞이고, 무논에서 개구리가 왁자하게 울었다. 대낮에도 개구리 소리는 우리가 남아 연습하는 교실에까지 밀려들었다.

선생님은 우리들에게 말의 길고 짧음 높고 낮음, 어느 대목에서 목청을 높이고 또 어떤 몸짓을 취해야 하는지에 대해 가르쳐 주셨다.

원고는 보지 않고도 할 수 있을 만큼 외운 터라, 남은 기간 동안 우리는 실제와 똑 같이 시간을 정해 놓고 연습하는 데 열중했다.

그런 어느 토요일.

"집에 바로 갈 거니?"

교문을 나서며 그 애가 말했다. 날이 흐렸지만 공기는 따뜻했다.

"왜?"

내가 되물었다.

"나하고 저 아래 저수지에 안 갈래?"

"저수지? 거긴 왜?"

"그 동네에 우리 이모가 산다. 엄마가 심부름 갔다 오랬
거든."

내가 아무 말 없자,

"싫음 관둬라. 나 혼자 가지."

"아니다. 같이 가자."

내가 앞서 걸었다. 그 애가 사는 마을을 지나 한참 더 읍
내 쪽으로 내려가면 저수지가 있고 그 옆에 집이 몇 채 있
었다.

"배고프지?"

괜찮다고 했다. 뱃속에서 꼬르륵대는 소리가 나는데도
나는 배고프지 않다고 했다.

"우리 이거 먹고 가자."

그 애가 주위를 둘러보며 말했다. 들길이 끝나고 산길로
이어지는 언덕 어름이었다.

우린 상수리나무 아래 앉았다. 이마의 땀을 훔쳤다. 멀리 들에서 일하는 사람들의 모습이 보였다.

가방을 열었다. 과자와 삶은 감자가 들어 있었다. 아까 집에 들렀을 때 가져온 것이라고 했다.

"먹어라."

그 애가 내미는 감자를 받아들며 나는 다시 야릇한 흥분에 사로잡혔다. 마치 우리가 들일 하다 말고 새참을 먹기 위해 논두렁에 나와 있는 부부 같았다.

'나는 남편, 이 애는 아내⋯⋯.'

이런 생각이 들자 가슴이 마구 방망이질 쳤다.

감자 맛이 아렸다. 퍽퍽하여 목이 막혔다. 나는 감자를 씹는 척 빈 입을 오물거려 침을 모아 삼켰다.

"무슨 심부름이니?"

"이것 갖다 주고 오랬다."

오이씨였다. 빛바랜 종이봉투에 갈쪽한 오이씨가 들어 있었다.

"작년에도 심었는데 올해도 심는대. 가뭄에도 좋다. 맛도 아삭아삭하고 물기가 많아 시원하고."

그 애 말에 내가 고개를 끄덕였다. 날이 흐렸지만 바람은 훈훈했다. 하늘의 해가 종이 봉지에 싸인 듯 하얬다.

"이것 마저 먹어라."

그 애가 과자를 집어 건넸다. 기름에 튀겨 꿀을 바른 것
이었다. 누에고치만 했다. 달콤한 맛이 입안 가득 스몄다.
그 때였다.

"앗 따거!"

그 애가 소스라치며 손을 뿌리쳤다. 쐐기였다. 머리 위
상수리나무 잎에 붙어 있다 떨어진 놈이었다. 바닥에 떨어
진 쐐기가 꿈틀꿈틀 기어갔다. 나는 당장 일어나 발꿈치로
으깨 버렸다.

"어디 봐, 괜찮아?"

하얀 손등이 불긋불긋 부풀어 올랐다. 그 애가 입김을 호
호 불며 울상이다. 그 애 손을 가져다 불어 주었다. 하얗고
보동한 손이 진달래꽃잎보다 더 부드러웠다. 그 애에게서
상큼한 풀 냄새가 났다.

된장을 바르면 한결 좋은데 없으니 할 수 없었다. 침이라
도 발라야겠다고 생각했다. 손가락으로 입술의 침을 찍어
발랐다. 내 손가락이 그 애의 보동한 손등에 닿자 전기 같
은 전율이 몸에 흘렀다. 그 애가 얼굴을 붉힌 채 나를 가만

히 지켜보았다.

자리를 털고 일어섰다.

저수지까지는 내리막길이었다.

그 애가 마을길로 들어서고 나는 둑에 앉았다. 저주지 가장자리에 지푸라기며 비닐 조각들이 떠 있었다. 물빛이 검푸르다. 하얀 나비가 나풀나풀 날아 갈대 잎에 앉았다.

'하얀 나비 보면 상제喪制 된다는데…….'

엄마나 아버지 중 누군가가 죽어 나는 상제가 되고 그 애도 나와 같이 상을 치르는 아내가 되어……. 나는 또 다시 이런 생각에 잠겼다. 터무니없는 공상이었지만 달콤하고 황홀했다.

잠시 후 그 애가 나왔다. 손등이 그대로 부어 있었다.

수문水門으로 갔다. 둑 한쪽을 헐어 시멘트로 만든 그리 크지 않은 문이었다. 밑으로 물이 흐르는지 물 표면에 작은 소용돌이가 일었다.

그곳에 앉았다. 발치께 토끼풀이 옹기종기 나 있었다.

"여기서 어떻게 하면 좋을까?"

가방에서 웅변 원고를 꺼내며 내가 말했다. 원고 후반부에서 끝날 때까지 아무런 강조점이 없어 허전하다는 느낌이 들어서였다.

"이쯤에서 손을 들어 힘을 주면 어때?"

그 애가 토끼풀로 꽃반지를 만들며 말했다. 그 애 말대로 해 보았다. 한결 허전함이 메워지는 것 같았다.

그 애가 내게 손을 내밀라고 했다. 손가락에 꽃반지를 묶어 주었다. 그 애의 보드라운 손가락이 내 손을 어루만지듯 스칠 때마다 찌릿찌릿한 전율이 일었다. 그 애의 머리칼이 코끝에 와 닿았다. 오이 향기가 났다.

그 때였다.

회오리바람에 원고지가 공중으로 솟구쳐 올랐다. 그 중 몇 장이 수문 아래 물속에 처박혔다. 원고지는 물을 따라 흘러가다 둠벙에서 소용돌이쳐 흔적도 없이 가라앉았다. 수문이 깊어 내려갈 수도 없었다.

돌아오는 길 그 애가 걱정했다. 대회가 얼마 남지 않았는데 원고지를 잃어버려 어떡하냐고.

나는 괜찮다고 했다. 이미 다 외웠으니 아무 문제없다고 했다. 그러면서 나는 오히려 그 애 앞에서 으쓱한 기분마저 들었다. 실제로 나는 원고를 완벽하게 외우고 있었고, 이런 나의 기억력을 어쩌면 그 애 앞에서 멋지게 보여 줄 수 있을 거라는 생각마저 하고 있었다.

"없어진 부분만 공책에 한번 적어 보면 어때?"

그 애의 눈에 근심의 빛이 역력했다. 그 애는 원고를 다 외웠더라도 만일의 사태에 대비하는 게 좋을 거라고 했다.

"괜찮아. 다 알고 있다니까."

내가 우쭐대며 말했다.

"선생님한테 말하고 그 부분만 달라든가."

"글쎄, 괜찮다니까."

내가 고집을 부렸다. 더욱이 선생님께 이 사실을 알린다는 것은 있을 수 없는 일이었다.

집에서 나는 원고를 처음부터 끝까지 다시 외워 보았다. 잠들기 전이나 장롱 거울 앞에서, 혹은 혼자 학교에 갈 때 해 보면 정말 막힘없이 술술 외워졌다.

나는 아무 문제가 없었다.

그 애가 그렇게 걱정하는 것이 아마도 나를 좋아하기 때문에 그럴 것이라는 생각마저 들었다.

대회 날.

나는 선생님을 따라 그 애와 같이 대회장에 갔다. 대회장엔 여러 학교에서 선발되어 온 학생뿐만 아니라 청중으로 참가하기 위해 온 학생들도 많았다.

나는 사뭇 긴장했다. 어쩐지 아이들이 모두 나보다 잘나 보였고 웅변도 더 잘할 것 같았다.

우린 강당 맨 앞줄에 앉았다. 선생님이 가운데 앉고 나와 그 애가 양쪽에 앉았다.

대회가 시작되었다.

나보다 그 애가 먼저 했다.

그 애는 단상에 올라 마이크 앞에 서더니 또랑또랑한 목소리로 웅변을 시작했다. 마이크를 통해 울려 나오는 그 애의 목소리는 교실에서 연습할 때보다 훨씬 멋있고 당당해 보였다. 뿐만 아니었다. 중간 중간에 두 손을 천천히 들어 올리며 목소리를 높여 청중에게 무엇인가를 호소할 때는, 듣는 사람의 마음이 그 애의 손짓과 함께 들려 올려지는 것 같았다.

웅변을 마쳤다. 응원의 박수가 여기저기서 터졌다. 그 애가 자리에 돌아왔다. 선생님이 잘했다며 어깨를 토닥거려 주었다.

잠시 후 내 차례가 되었다.

나는 심호흡을 하며 단상에 올랐다. 불빛에 눈이 부셔 앞이 잘 보이지 않았다. 선생님과 그 애 모습도 보이지 않았다. 나도 모르게 몸이 움츠러들고 다리가 떨렸다.

얼핏 선생님 말씀이 떠올랐다. 웅변할 때 긴장되면 앞에 있는 사람을 산에 있는 나무쯤으로 생각하라고. 아무도 없는 산속에서 혼자 웅변한다고 생각하라고. 그렇게 생각하자 사뭇 긴장이 누그러졌다.

시작종이 울렸다. 나는 연습할 때처럼 천천히 또박또박 말을 이어 나갔다. 차츰 강당 안의 전체적인 모습이 눈에 들어오고 그 애와 선생님의 모습도 알아볼 수 있었다.

그 애가 나를 빤히 쳐다보고 있었다.

그렇게 중반부를 넘어 후반부로 갈수록 어쩐지 자꾸 불안해지기 시작했다. 저수지에 빠뜨린 원고지 생각이 나면서 혹 무슨 일이 생기면 어쩌나 해서였다.

쉬는 시간에 토끼를 길러 저축을 생활화 한다는 대목에서

였다. 그 애가 손을 들어 힘을 주라는 그 부분부터 원고 내
용이 생각나지 않았다.

어떻게 이럴 수 있을까? 분명 물 흐르듯 줄줄 외웠던 곳인
데 거기 서너 줄이 벼락 맞은 고목처럼 기억이 새카맣게 타
버려 아무 생각도 나지 않았다.

손에 땀이 고이고 입술이 바짝바짝 말랐다. 눈앞이 캄캄
하고 아무 것도 보이지 않았다.

순간 그곳을 빼 버리고 넘어갈까 하는 생각도 들었다. 그
러나 어찌된 일인지 조금 전까지만 해도 생각나던 그 다음
내용마저 전혀 기억나지 않았다.

갑자기 땅이 푹 꺼지고 몸만 공중에 붕 떠 있는 느낌이었
다. 공포감이 밀려들었다. 둑이 무너져 버린 듯 한꺼번에 밀
려들기 시작한 공포감에 기억 속의 모든 것들이 숯처럼 까
맣게 타 버렸다. 그리고 희미하게 남아 있던 뒤의 내용조차
앞뒤를 분간할 수 없을 만큼 뒤죽박죽 뒤엉켜 버렸다.

낯이 화끈 달아올랐다. 심장에서 피 마르는 소리가 들리
는 듯했다.

그 애의 충고를 귀담아 들을 걸. 그러나 이미 때는 늦었
다. 붉게 달아오른 얼굴이 창백해지고 식은땀이 비 오듯 쏟

아졌다.

안타까워하는 그 애의 얼굴이 눈에 들어왔다. 무슨 말을 하려는 듯 그 애의 입술이 움직이는 것 같았다.

다리가 후둘거려 서 있기조차 힘들었다. 단상의 탁자를 움켜쥐고 나는 다음 내용을 떠올리기 위해 이를 악물었다. 그러나 그럴수록 내 머리는 하얗게 비워지고, 나는 불빛 속으로 증발해 버릴 것만 같았다.

종이 울리고 어떻게 단상을 내려왔는지 모른다. 선생님이 나를 끌어안고 밖으로 나오셨다. 나는 선생님 품에 얼굴을 묻고 얼마나 울었는지 모른다. 그 애가 옆에서 애처로운 눈길로 나를 바라보았다.

화단에 붓꽃이 무리지어 피어 있었다.

말로 설명할 수 없는 어느 봄날의 일이었다.

이 세상 저편

병근이가 학교에 오지 않았다. 그것도 열흘 넘게 말이다.

병근이의 결석이 길어지면서 내 마음은 허전하다 못해 불안하기까지 했다.. 그의 아버지가 새엄마를 얻고부터 부쩍 말이 줄었고, 더욱이 남주와 싸운 후부터 병근이는 누구와도 말을 하지 않았기 때문이었다.

'짜식, 어디 갈 거면 귀뜸이라도 해 주고 가지.'

말없이 사라진 그가 야속하게 생각되었다.

"아무래도 한번 가 봐야겠다."

종례 후 선생님께서 말씀하셨다.

"오늘 가면 병근이 아버지 만나 뵐 수 있겠지?"

나는 잘 모르겠다고 했다. 병근이 아버지는 광산에 다니기 때문에 집에 없는 날이 더 많았다.

"며칠 전에도 갔었는데 아버지가 안 계시더라. 아버지를 만나 뵈어야 하는데."

그러면서 새엄마를 만났는데 아무 이야기도 못했다고 했다.

선생님과 나란히 길을 걸었다. 길에 나와 있던 개구리들이 첨벙첨벙 물 속으로 뛰어들었다. 들에서 일하던 사람들이 선생님께 인사했다. 그 바람에 곁에 있던 내가 쑥스러웠다.

병근네 집에 가니 선자와 병숙이가 마루에 앉아 밥을 먹고 있었다. 커다란 양푼에 밥을 비벼 한가운데 놓고 같이 퍼먹었다.

병근이 아버지는 집에 없었다. 새엄마가 방에서 앉은 채로 몸을 끌어 문지방까지 나왔다. 그녀는 선생님에게 앉으라는 말도 하지 않았다.

"내도 속이 타 죽겠소. 어디 가 뭔 일이나 안 저지르나 싶어서."

그러면서 아이들이 마시려고 떠다 놓은 물을 벌컥벌컥

들이켰다.

선자와 병숙이가 밥을 먹는 주위에 파리 떼가 들끓었다. 선생님께서 마당에 선 채 큼큼 헛기침을 하셨다.

"언제 뵐 수 있을까요, 아버님은?"

"글쎄라. 대중 읎시오. 어느 땐 낮이도 가고 어느 땐 밤이도 가니께."

그녀가 손을 내둘러 파리 떼를 쫓았다. 공중으로 날아오른 파리 떼가 이내 바닥에 새까맣게 내려앉았다.

"아버님 오시면 학교에 한 번 나와 주십사 전해 주세요."

선생님이 머리 숙여 인사했다.

집을 나와 길을 가는데 저만치서 아버지가 오셨다. 논에 다녀오는지 바짓단을 무릎까지 걷어 올렸다. 순간 내 얼굴이 붉게 달아오르고 가슴이 섬칫거렸다. 선생님 앞에서 또 무슨 창피를 당할지 몰라서였다.

"백 선생, 웬일이셔?"

"들에 다녀오셔요?"

"벼에다 비료 좀 주고 오네."

두 분이 길에 서서 웃었다. 아버지가 선생님을 이끌고 집으로 왔다.

"평대야, 너 가서 막걸리 한 되 받아 와라."

아버지가 사양하는 선생님을 한사코 마루에 앉히셨다.

아버지가 부엌에서 대접 두 개와 고추장 보시기를 내왔다. 그런 다음 마당가 고추밭에서 풋고추를 한 주먹 따 왔다. 대접에 막걸리를 잘름잘름 따랐다. 단숨에 들이켰다. 진저리치며 고추장에 고추를 듬뿍 찍어 와삭 깨문다. 그러는 아버지의 손등에 논흙이 하얗게 말라 있었다.

병근네 집 이야기가 오간 후 선생님께서 먼저 말씀하셨다.

"전학 가려면 올해 가야 해요, 졸업하기 전에."

아버지가 묵묵히 있자,

"올 지나면 서울로 전학 가기 힘들어요. 정부도 수도권으로 인구가 집중 되는 걸 막기 위해 중학교부터는 전학을 금하려고 해요."

마루 끝에 앉아 두 분 말씀을 듣고 있던 내게 전학이란 말이 화살촉처럼 뇌리에 박혔다. 전학이라니, 누가 전학을 간다는 말인가.

아버지가 술잔을 기울였다. 술기운에 얼굴이 불콰하게 익었다.

"그럴 겨. 너도 나도 서울로만 가려고 허니께."

그러면서 아버지가 나를 힐끔 바라보셨다.

"갈 거면 준비해야죠. 더 자세히 알아볼 것들도 있고."

선생님이 아직 결심이 서지 않은 아버지를 재촉하듯 말했
다. 아버지가 묵묵부답으로 고개를 끄덕였다.

"평대, 너 서울 가서 학교 댕기라면 댕길래?"

아버지가 나를 바라보며 말했다. 선생님이 옆에 계셔서
인지 아버지 목소리가 어느 때보다 부드러웠다.

"서울서 다니면 좋지. 여기 시골보다 재밌는 일도 많고."

선생님께서 나를 보고 빙긋 웃으셨다.

그제야 나는 두 분 말씀이 나를 두고 하는 것임을 알 수
있었다.

병근이가 돌아왔다.

집 나간 지 두 달도 더 지난 늦가을 어느 날이었다. 제 발
로 걸어온 것이 아니었다. 병근이 아버지가 경찰서에 가서
데려 왔다.

나는 쏜살같이 병근네 집으로 달려갔다. 내 친구 병근이를 보기 위해서였다. 병근네 집에 사람들이 북적였다. 죽은 줄 알았던 병근이가 왔으니 얼굴이라도 한 번 보려는 사람들이었다.

병근이는 윗방 마루턱에 앉아 있었다. 내가 부르자 광대뼈가 툭 튀어나온 얼굴에 알 수 없는 미소를 씩 띠었다. 그러는 그의 눈빛이 예전보다 더 차갑게 빛났다. 그는 날이 추운데도 반팔 셔츠에 반바지 차림이었다. 깡마른 얼굴에 코 밑이 더 거뭇거뭇했고, 살갗이 말린 대추처럼 검붉었다.

사람들이 북적이는데도 병근이 새엄마는 나와 보지 않았다. 동네 사람을 대하는 이는 병근이 아버지였다. 병근이 아버지는 병근이를 때리지 않았다. 죽었다고 여긴 아들이 살아와서인지 아니면 너무나 어처구니가 없어서인지, 그는 눈에 눈물을 글썽인 채 실성한 사람처럼 허허 웃기만 했다.

나는 병근이 아버지가 병근이를 때리지 않는 게 몹시 이상했다. 술을 마시거나 기분이 조금만 상해도 어김없이 매질하던 그가 아닌가. 그런 그가 지금은 자기 잘못을 뉘우치기라도 하듯, 허허 웃으며 젖은 눈을 끔먹거렸다.

어른들이 불러도 병근이는 고개를 숙인 채 땅만 쳐다보았다. 그는 돌아온 집이 낯선 듯했다. 자꾸만 눈길을 이리저리 돌려 집안을 살폈고 무엇인가 굳게 결심한 사람처럼 입술을 꽉 다물고 있었다.

다음날부터 그는 학교에 나왔다.

말이 없는 건 전과 다름없었다.

그는 교실 맨 뒷자리에 앉아 무슨 생각을 하는지 하루 종일 창밖만 쳐다보았다.

종례 후 선생님이 병근이를 불렀다.

"뭐래, 선생님이?"

"그 동안 어디 갔었냐고 묻더라."

"그래서?"

"있는 대로 다 얘기했지."

나는 그의 냉냉한 태도에 놀랐다.

"정말 그 동안 어디 갔었어?"

나는 병근이 이야기를 듣고 싶었다.

한참 후 그가 입을 열었다.

집을 나온 병근이는 발길을 읍내 쪽으로 향했다. 읍내까지는 익숙한 길이었다. 그러나 그곳을 지나치자 모든 것이

낯설었다. 게다가 무엇보다 배가 고팠다. 그는 아무 것도 가진 게 없었다. 점심을 굶고 저녁을 굶었다.

땅거미가 내렸다. 잠잘 곳이 걱정되었다. 산으로 접어들었다. 길가 풀덤불에 산딸기가 익고 있었다. 빨긋빨긋한 그것들을 한 옴큼 따 입에 넣었다. 시크무레한 맛에 입안 가득 침이 고였다.

다음 날 그는 동이 트기 전부터 일어나 걸었다. 집 나온 지 하루 만에 완전 거지꼴이었다. 머리칼은 뒤엉켜 부숭숭했고, 얼굴은 야위어 광대뼈가 불쑥 솟았다.

이를 악물며 앞으로 걸었다. 기대할 게 아무 것도 없었지만 그렇다고 집으로 돌아갈 수는 없는 일이었다. 걸음을 재촉했다. 낯선 사람을 만나거나 무서운 생각이 들면 주머니 속 칼을 움켜쥐었다. 웬일인지 그 칼이 자기를 지켜 주는 부적 같이 생각되었다. 그는 칼을 손아귀에 쥐고 만지작거렸다. 칼을 쥐고 있으면 두려움도 사라졌다.

그 때였다. 누군가 부르는 소리에 놀라 고개를 들었다. 어느 마을 야산 밑을 지날 때였다. 스무 살도 더 돼 보이는 청년들이었다. 그들은 솥단지와 물통을 들고 산에 오르고 있었다.

그들이 따라오라며 손짓했다. 덜컥 겁이 났다. 그러나 그런 걸 따질 형편이 아니었다. 죽기 아니면 까무러치기라는 생각밖에 없었다. 그들을 따라 갔다. 그들은 물이 흐르는 계곡을 따라 산속으로 들어갔다. 그들 중 하나가 마른 나뭇가지를 주워 오라고 했다. 개를 끓이려면 나무가 있어야 한다고 했다.

불량배, 아님 도둑놈? 그들이 누구일지 속으로 짐작해 보았지만 알 수 없었다. 하는 말이나 행동이 도둑놈 같지는 않았다.

솥의 고기가 흠씬 익자 고기를 도마에 놓고 썰었다. 그러면서 병근이를 불러 고깃점을 찢어 주었다.

그들은 계곡물에 발을 담근 채 술을 마셨다. 그들 중 하나가 병근의 신상에 대해 물었다. 병근은 사실대로 말했다. 새엄마가 싫어 집을 나온 것이라고.

술기운에 얼굴이 붉어진 그들 중 하나가 병근이를 가까이 오라고 했다. 차렷, 열중 쉬어, 차렷! 구령을 반복했다. 그런 다음 바지 지퍼를 내리려고 했다. 순간 병근이 엉덩이를 뒤로 빼며 몸을 비틀었다.

'똑 바로 서! 안 서? 햐, 이 새끼 봐라! 너 거기 털 났지? 났

어 안 났어, 임마.'

그가 키득대며 병근의 사타구니를 더듬었다. 주머니 속 칼이 생각났지만 이내 단념했다. 상대는 자기보다 몸집이 엄청 크고 게다가 네 명이나 되었다.

그의 장난이 짓궂었음인지 아니면 다른 장난을 치고 싶었던지 다른 이가 그를 다시 불렀다. 그가 병근이를 옆에 앉혀 놓고 고기 접시를 앞에 놓아 주었다. 이거 먹고 이따 밤에 색 좀 써라잉. 그러면서 그가 마치 강아지 쓰다듬듯, 에고 이쁜 것, 하며 얼굴을 끌어다 혓바닥으로 핥았다.

그가, 오늘 저녁 네 후장은 내 꺼다잉, 하자 그들이 서로 키득거렸다. 그들은 저마다 가위 바위 보로 순번을 정해야 한다고 했다.

후장이 무엇인지 알 수 없었다. 키득거리는 것으로 보아 좋은 것은 아닌 듯싶었다. 물어볼까 하다 그만두었다.

알고 보니 그들은 넝마주이였다. 그들은 근처 야산에 천막을 치고 살았다. 그날 먹은 개고기도 차에 치어 길 바닥에 죽어 있는 것을 주어다 끓인 것이었다. 병근은 그들과 같이 살았다. 그러면서 후장이 무엇을 뜻하는 지도 알게 되었다. 후장이란 항문을 가리키는 말이었으며, 후장을 딴다는

것은 남자들끼리 자면서 항문에 성기를 넣는 변태 행위의
일종이었다.

그들이 덤빌 때마다 병근은 결사적으로 버텼다. 그 바람
에 주먹으로 얻어맞고 발길에 채였다. 아무리 때리고 겁을
줘도, 그러나 그 일만은 허락하지 않았다.

그들은 낮에는 종이나 고물 따위를 주웠고 밤에 도둑질을
했다. 도둑질은 매일 하지 않았다. 고물을 주우러 다니다가
마땅한 집이나 훔칠 물건이 있으면 서로 모여 의논한 후 날
을 잡아 실행에 옮겼다.

병근이 그들과 함께 있는 동안 그들은 두 차례 도둑질
을 하였다. 한 번은 담치기였다. 남의 집 담을 넘어 들어가
물건을 훔치는 것인데 그때 병근이는 밖에서 망을 보았다.

그들과 같이 있는 게 무서웠다. 하루 빨리 그곳을 벗어나
고 싶었다. 그러나 갈 곳이 없었다. 잠자리에 누우면 엄마와
병숙이 생각이 났다. 그러나 얼굴이 잘 떠오르지 않았다. 엄
마는 못 본 지 오래되어 그렇다지만, 병숙이는 안 본지 얼마
되지 않았는데도 이상하게 얼굴이 떠오르지 않았다.

그런 어느 날이었다. 그들 중 하나가 병근이 혼자 지키고
있는 천막에 뛰어들었다. 빨리 피하라고 했다. 일이 터졌다

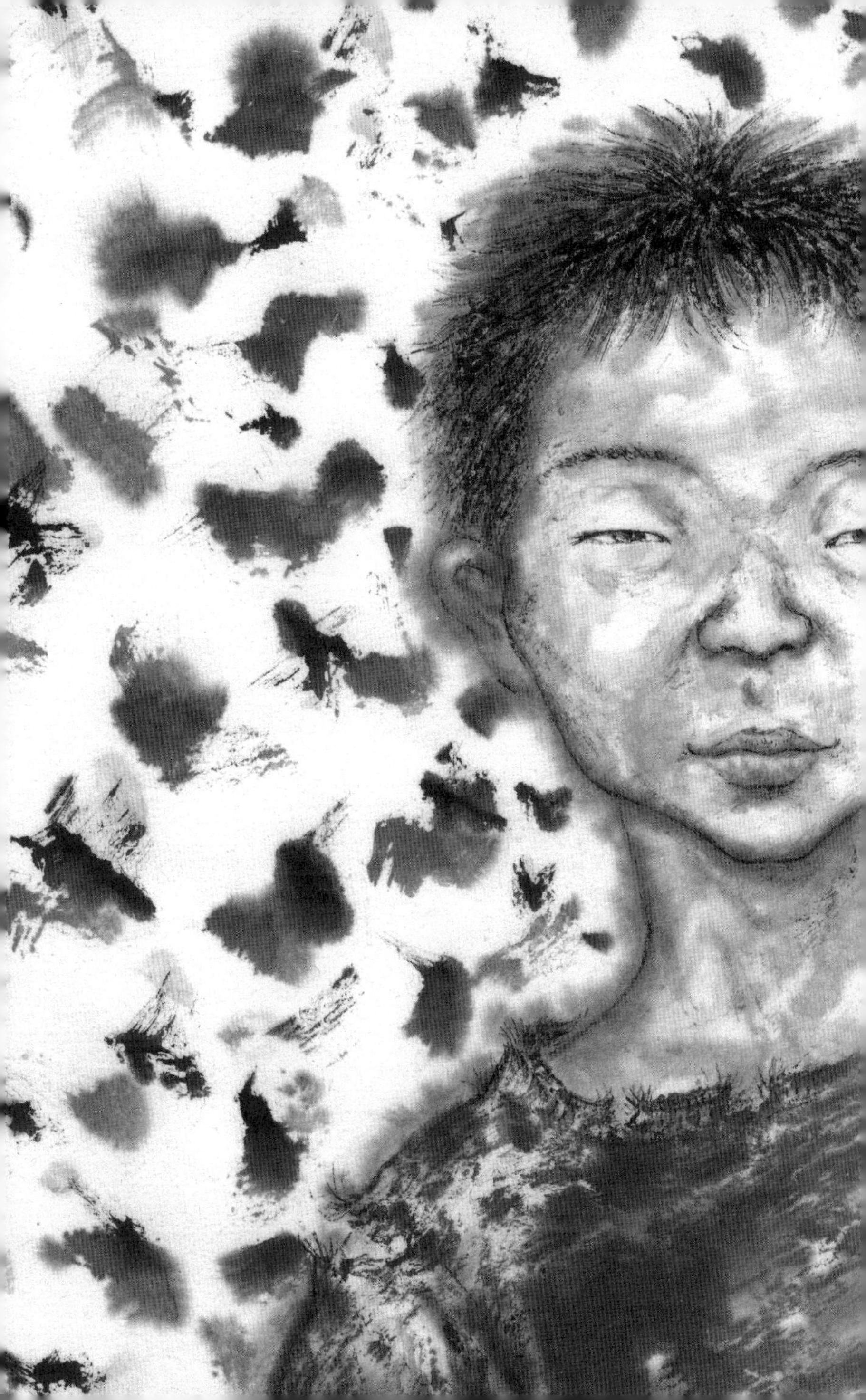

고 했다. 그의 목소리가 숨넘어가듯 다급하게 울렸다. 그는 눈에 띄는 대로 옷가지 몇 벌을 가방에 처넣은 채 그대로 튀어 달아났다.

잠시 후 경찰이 들이닥쳤다. 그는 곧바로 경찰서에 연행되었다. 훔쳐온 물건을 파는 과정에서 덜미를 잡힌 것이었다. 그곳에서 그는 이틀 동안 조사를 받았다. 주는 대로 먹고 묻는 말에 대답하고 그곳에서 잠을 잤다.

다음 날 아버지가 왔다. 귀뺨부터 올려칠 줄 알았던 아버지가 웬일인지 때리지 않았다. 아버지는 비굴할 정도로 경찰들에게 굽신거렸다. 아버지가 종이에 무엇인가를 쓰는 동안 경찰이 윽박지르듯 말했다. 지금은 나이가 어려 돌려보내지만 다음에 또 이런 일이 있으면 그땐 감방에 처넣겠다고.

말을 마친 병근이가 주머니 속 칼을 꺼냈다. 그가 칼끝으로 땅을 찍으며 중얼대듯 말했다.

"진짜 그냥 안 둘 거야."

그 말에 나는 깜짝 놀랐다.

"누구? 새엄마?"

내가 물었지만 그는 못들은 척 땅만 후벼 팠다.

"누굴 그냥 안 둔다는 거야?"

내 말에 그가 나를 힐끗 쳐다보았다.

"그런 게 있어."

그가 이빨 틈 사이로 침을 찍 깔겼다. 병근이 그렇게 침 뱉는 모습을 나는 그때 처음 보았다.

나는 그가 갑자기 어른스럽게 느껴졌다. 나하고 가장 친한 친구임에도 그는 벌써 내가 해 보지 못한 일을 경험했으며, 다른 생각을 하고 있었고, 그래서 그런지 조금은 슬프게도 생각되었다.

새로운 길

전학이란 말이 온통 내 마음을 뒤흔들었다. 전학은 단순히 내가 지금 다니고 있는 시골 학교에서 서울 도시 학교로 옮겨 감을 의미하지 않았다. 전학은 나에게 새로운 세계를 향해 열리는 문의 비명소리 같은 것이었다. 분명 하나의 세계가 닫히고 다른 세계의 문이 열리는, 불안과 함께 설렘이 깃들어 있는, 그러나 더 큰 세계로 가기 위해 내가 열고 나가야 할 문이었다.

나는 밤에 두런두런 이야기하는 엄마 아버지의 말씀을 엿들을 수 있었다.

"서울 형님두 빨리 올려 보내라는 겨. 애는 서울서 커야 헌다믄서."

아버지 목소리였다.

"그래두 저 어린 것이, 가서 밥이나 제대로 먹구 학교 댕길까 생각하면……."

엄마 목소리였다. 엄마 목소리에 눈물이 배어 있었다.

이런 말을 들을 때마다 나는 가슴이 꼭 막혔다.

사실 내 마음도 엄마 아버지 말처럼 어느 한쪽으로 결정을 하지 못한 채 흔들렸다. 어느 땐 왈칵 전학을 가고 싶다가도, 또 어느 땐 처음 보는 동굴 앞에서 들어가길 주저하는 사람처럼 전학 가기가 싫었다.

아버지께서 부지런히 서울에 올라 다니셨다.

선생님을 만나는 횟수도 잦아졌다.

그럴수록 내 마음도 더욱 초조해졌다.

운동장에 시든 플라타너스 이파리가 떨어져 쌓였다. 뒤꼍 지붕 위에서 얼기설기 가지를 뻗고 있는 감나무도 차가워지는 가을바람에 붉은 홍시를 떨구고 있었다.

전학이란 말이 나를 사로잡으면서 눈에 띄는 모든 것들이 새롭게 다가왔다. 꽃도 새도 가을날 쌀밥처럼 환하게 빛나던 햇살과 밤하늘 지붕 위에서 소용돌이치던 별들도 이제

나와 아무 상관이 없는 것으로 느껴졌다.

그러면서 한편 가고 싶기도 했다. 서울이란 곳. 한 번도 가본 적 없이 말로만 듣던 곳. 그 미지의 세계. 지금까지 내가 살아 왔던 이 세상 저편에서 아가리를 딱 벌리고 있는 그 세계의 한복판으로 나는 성큼성큼 걸어 들어가 보고 싶었다.

아침부터 학교가 발칵 뒤집혔다. 화단에 놓아둔 토끼장의 토끼가 죽어 있었다. 죽은 것도 그냥 죽은 것이 아니었다. 완전히 피투성이가 되어 나자빠져 있었다.

선생님뿐만 아니라 아이들도 모두 나와 죽은 토끼를 살펴보았다.

"사람은 아니고, 짐승이 건드린 것 같은데."

선생님 중 한 분이 토끼를 토끼장에서 들어냈다. 죽은 토끼는 눈을 감은 채 앞다리를 가슴에 오그리고 있었다.

등교하는 아이들이 토끼장 주위에 몰려들었다.

"짐승? 무슨 짐승?"

“글쎄요, 들고양이나 살쾡이 아닐까요?”

“살쾡이가 이런 데 있으까?”

“있죠. 이런 산골에 왜 살쾡이가 없겠어요?”

“살쾡이는 아닌 것 같고, 혹 족제비 아닐지 몰라.”

“족제비가 토끼를 잡아먹어요?”

선생님들 사이에 의견이 엇갈렸다.

잠시 후 학교 아저씨가 다가왔다. 아이들을 헤치고 앞으로 걸어 나온 아저씨가 들고 있던 나무 막대로 죽은 토끼를 이리저리 헤쳤다. 토끼는 목덜미와 다리를 사정없이 물어 뜯겼다.

“족제비유, 족제비 짓유.”

“아니, 족제비가 토끼도 잡아먹나?”

“그럼유. 토끼도 작은 건 물어 가유. 여기 좀 보세유.”

그러면서 아저씨가 토끼장 지붕을 가리켰다.

“요기루 들어간규. 요 구멍으로. 족제비는 지 대가리 들어갈 구멍만 있으면 맘대로 들어갔다 나왔다 허거든유.”

토끼장 지붕에 달걀만 한 구멍이 뚫려 있었다.

그날 우리는 토끼장 점검에 들어갔다. 세밀히 점검하기 위해 6학년인 우리들이 동원된 셈이었다.

이십여 개의 토끼장 가운데 제대로 된 것은 절반도 채 못 되었다. 철망이 벌어진 것도 있고 나무가 삭아 조금만 힘을 줘도 금방 구멍이 뚫리는 것도 있었다.

우리가 토끼장을 점검하는 사이 아저씨가 운동장 구석에서 죽은 토끼의 가죽을 벗겼다. 아이들이 그곳으로 몰려갔다. 아저씨가 운동장 가 향나무 가지에 토끼를 매달아 놓았다. 눈가와 아랫배에 잿빛 털이 나 있는 토끼였다. 아저씨가 숙직실에서 칼을 가지고 나왔다. 먼저 목둘레를 빙 돌려 가며 칼로 흠집을 내었다. 그런 다음 가죽과 몸통 사이 칼을 후벼 넣으며 가죽을 벗겼다.

가죽이 벗겨지자 안에 들어 있던 피 묻은 몸체가 드러났다. 살아 있을 땐 귀엽고 예쁜 모습이었는데 가죽을 벗기자 길쭉하고 흉측한 살덩이에 불과했다.

벗겨진 가죽을 서로 갖겠다고 아이들이 난리였다. 토끼 가죽은 귀마개를 만드는데 안성맞춤이었다. 손수건 한 장보다 조금 더 클까 한, 아직 피도 마르지 않은 것을 놓고 아이들이 서로가 갖겠다고 달려들었다.

남주가 가죽을 한 손에 움켜쥐고 번쩍 치켜들었다.

"야, 이 가죽 갖고 싶은 사람은 내 앞에 줄 서."

“이 새꺄, 빨리 서란 말야.”

열 명도 더 되는 아이들이 줄을 섰다.

“이제부터 가위 바위 보 해서 이기는 사람이 갖는 거다. 자 빨리 해.”

아이들이 가위 바위 보를 했다. 두 사람이 남았다. 그런데 가죽은 통짜로 된 하나다. 두 아이가 서로 갖겠다며 소란을 피웠다. 그때였다. 병근이가 나섰다. 그는 아무 말 하지 않고 주머니 속 칼을 꺼내 토끼 가죽을 반으로 슥슥 잘랐다.

그런 일이 있은 후 며칠 지나지 않아 또 일이 터졌다. 이번에는 침입자가 토끼 새끼를 물어간 것이다. 자세히 보니 놈은 토끼장 바닥을 뚫고 들어왔다. 토끼장 바닥의 나무판자 한쪽이 떨어져 나간 게 화근이었다.

토끼장 주변에 어지럽게 찍혀 있는 놈의 발자국이 학교 운동장을 가로질러 산으로 나 있었다. 그걸 보고 학교 아저씨가 확신에 찬 목소리로 말했다.

“틀림읎슈, 족제비 짓유.”

그러면서 발자국을 쫓아가자고 했다. 혹시 놈의 굴을 발견할 수 있을지도 모른다고 했다. 한 번도 아닌 두 번째 당한 일이라 우리는 저마다 분노했다. 어떻게 기른 토낀데. 해마다 봄이 되면 읍내 장에 가 새끼를 사다 기른 것이었다. 그걸 키워 팔기도 하고 새끼를 내어 저금도 하고 장학금에 쓰기도 했다.

놈을 추적하는 일에 다시 우리 6학년이 동원되었다. 여학생들은 교실에 남고 남학생들만 산에 올랐다. 그러나 한 시간 넘게 샅샅이 뒤졌는데도 놈의 발자국 하나 발견할 수 없었다.

우리는 모두 허탈해 하며 산을 내려왔다. 그 날 종례시간, 선생님께서 토끼장 주변에 덫을 놓을 테니 조심하라고 말했다.

초겨울에 접어들면서 날씨가 추워졌다. 추수가 끝난 빈 들에 서리가 하얗게 내리고, 다음 날 해가 뜨면 들에서 허연 김이 무럭무럭 피어올랐다.

졸업을 앞둔 우리는 차분히 그러면서도 조금은 초조하게 학교생활을 하고 있었다. 이제 얼마 안 있으면 겨울 방학이 되고, 그리고 나면 졸업, 중학교에 진학해야 하기 때문이었다.

우리들은 저마다 조금씩 아쉬운 기분에 사로잡혀 있었다. 오랜 시간 같이 해 온 학교생활을 이제 곧 마무리해야 한다는 것과 졸업이라는 말이 품고 있는 내밀한 의미 때문이었다. 졸업은 무엇보다 그 동안의 학업을 마무리함과 동시에 시냇물이 바다를 향해 흘러가듯 각자 흩어져 더 큰 세상으로 나아감을 의미했다.

선생님과 아버지 사이 오가던 전학 이야기도 어느 정도 마무리된 것 같았다. 내 전학은 이미 결정되었고 서류를 떼어 가는 일만 남았다.

그렇게 아쉬움과 초조함, 그리고 약간의 긴장과 흥분으로 지내던 어느 날.

"족제비다. 족제비 잡아라!"

학교 아저씨 고함소리가 교실을 뒤흔들었다. 모든 학급이 수업에 열중하고 있을 때였다. 그 소리에 누가 먼저랄 것도 없이 아이들이 밖으로 뛰쳐나갔다. 아저씨가 손에 몽둥이를 치켜들고 토끼장 쪽에서 족제비를 쫓고 있었다.

순식간에 아이들이 운동장으로 뛰어 나와 족제비가 산으로 도망치지 못하도록 길을 막았다.

팔뚝만 한 크기로 보아 암놈임에 틀림없었다. 누런 갈색에 작달막한 다리, 그러나 날쌔기 그지없는 놈이었다. 산으로 도망치는 길이 막히자 놈이 운동장 한가운데를 정신없

이 내달렸다.

쫓고 쫓기는 추격전이 벌어졌다. 얼굴이 벌겋게 달아오른 학교 아저씨가 숨을 헐떡거리며 족제비를 쫓았다. 그러나 족제비를 잡기엔 역부족이었다. 족제비는 마치 아저씨와 술래잡기라도 하듯 일정한 거리를 두고 고무공처럼 통통 튀어 달아났다.

아이들의 포위망이 차츰 좁혀졌다. 아이들은 이리저리 도망치는 족제비를 가운데 두고 여럿이 함께 발을 구르며 몰았다. 아이들 틈에는 선생님도 끼어 있었다.

몽둥이나 걸레자루를 든 아이도 있었다.

나도 손에 빗자루를 들고 있었다.

"야, 그쪽으로 간다. 도망 못 가게 막아!"

이쪽에서 소리치면 저쪽에서 우우 소리치며 발을 굴렀다. 그러면 족제비는 달아나던 방향을 바꾸어 다시 반대편으로 내달았다.

아저씨뿐만 아니라 남자 아이들도 몽둥이를 들고 족제비를 쫓았다. 그 중엔 남주도 있고 병근이도 있었다. 특히 병근이의 눈빛이 싸늘하게 빛났다. 그는 무표정한 얼굴에 어금니를 꽉 문 채 눈빛만 칼날 같이 번뜩이며 놈의 뒤를 쫓았다.

족제비가 바로 앞에 있으면 아이들은 사정없이 몽둥이로 내리쳤다. 그야말로 놈은 독 안에 든 쥐였다. 그러나 아이들이 내리치는 몽둥이를 족제비는 요리조리 잘도 피했다. 금방이라도 맞아 사지를 발발 떨며 쭉 뻗을 것 같은데, 그러나 놈은 이 사람 저 사람 발밑으로 잘도 피해 달아났다.

포위망이 완전히 좁혀지고 생명의 위협을 느끼자 놈이 캭! 비명을 지르며 아이들에게 달려들었다. 순간 아이들이 겁에 질려 우르르 뒤로 물러났다. 그 바람에 족제비가 아이들 발 사이로 달아났다.

그러나 족제비도 운이 없었다. 사력을 다해 달아난 곳이 하필이면 학교 건물 쪽이었다. 아이들이 다시 놈을 둘러쌌다. 이제 놈은 더 이상 피할 곳이 없었다.

학교 아저씨가 몽둥이를 들고 앞으로 나섰다. 벽에 막혀 몸을 웅크린 채 절망적으로 울부짖는 족제비가 표독스런 이빨을 드러냈다. 아저씨가 몽둥이로 사정없이 내리쳤다. 순간 족제비가 공중으로 껑충 뛰어올라 나는 듯이 벽을 타고 교무실 옆 인쇄실로 뛰어들었다.

아저씨가 급히 인쇄실 창문을 닫았다. 환기하기 위해 늘 조금씩 열어 놓는 문이었다. 아이들이 인쇄실을 둘러쌌다. 동작이 빠른 아이들은 어느 새 교무실 쪽으로 돌아와 인쇄실 출입문을 막아서고 있었다.

"저리 비켜라."

뒤따라온 아저씨가 아이들을 헤치고 인쇄실로 들어갔다.

"너희들은 여기 있다 나오면 사정없이 때려잡어."

맨 앞에 몽둥이를 바투 쥐고 있는 남주와 병근이에게 아저씨가 말했다.

그러나 족제비는 어디 숨었는지 흔적도 보이지 않았다. 종이더미를 헤치고 캐비넷을 흔들어도 놈은 나타나지 않았다.

순간 맥이 빠졌다.

"아무래도 안 되겠다. 여기 있는 거 하나하나 다 들어내야지."

아저씨가 아이들 몇을 인쇄실로 들어오라고 했다. 종이

뭉치가 옮겨지고 캐비넷이 옮겨졌다. 이제 인쇄기만 남았다. 인쇄기는 무거워 한두 사람이 들 수 없었다.

"정말 환장허겄네. 내 이것 잡기만 허면……"

아저씨가 이마의 땀을 닦으며 손바닥에 침을 퉤 뱉았다.

"어디 다른 데 구멍 없나 봐. 도망갈 만한 구멍."

밖에서 입구를 막아서고 있던 선생님이 말했다.

"아무 데도 읎슈."

"저기 저 연통은 뭐여?"

인쇄실 구석에 연통이 가로 놓여 있었다. 난로를 놓기 위해 가져다 놓은 것이었다.

"뭐 이거유?"

아저씨가 연통을 치켜드는 순간 그곳에서 족제비가 튀어나왔다. 놈은 연통 속에서 나와 아저씨 어깨를 타고 날다시피 바닥으로 뛰어내렸다. 순간 아이들이 몽둥이를 휘둘렀다. 픽! 틀림없이 맞는 소리였다. 그러나 놈은 또 어디에 떨어졌는지 털끝 하나 보이지 않았다.

다시 수색이 시작되었다. 종이 뭉치를 옮기고 캐비넷을 들어 나르는데 남주가 외마디 소리를 질렀다.

"여깄어요, 여기! 이 속에!"

족제비는 인쇄기와 캐비넷으로 가로막힌 구석에 떨어져 있었다. 비좁고 어두운 공간이었다. 아저씨가 목을 늘여 굽어보더니 대걸레 자루를 가져왔다.

족제비와 아저씨 간에 사투가 벌어졌다. 이제 더 이상 도망갈 수 없는 절체절명의 순간, 놈은 사력을 다해 걸레 자루를 피하며 물어뜯었다. 캬오! 쉭, 쉭! 성난 놈의 울부짖는 소리가 밖에까지 들렸다. 그럴수록 아저씨는 한쪽 어깨를 벽 구석에 밀어 넣고 밑을 보지도 않은 채 마구마구 짓찔었다.

병근이가 어금니를 꽉 다문 채 그러는 모습을 지켜보았다.

쉽게 족제비가 잡힐 것 같지 않았다.

"아저씨, 잠깐만요."

병근이가 무뚝뚝하게 말했다.

"제가 한번 해 볼게요."

병근의 말에 아저씨가 뒤로 물러섰다. 아저씨의 이마가 땀에 젖어 번들거렸다. 병근이 바닥에 떨어져 있는 빈 부대를 집어 들었다.

"여기 좀 막아 주세요."

책상을 눕혀 족제비가 달아날 통로를 만들었다. 그런 다

음 그 끝에 병근이 부대 양쪽을 잡아 벌린 채 앉았다. 구석에
갇힌 놈을 부대 속에 몰아넣어 잡으려는 것이다.

캐비넷을 움직여 틈을 만들었다. 그런 다음 위에서 다시
걸레 자루로 찔러 대기 시작했다. 처음에 놈은 걸레 자루를
피하며 으르렁거렸다. 그러다 어느 순간 열려진 틈으로 화
라락 내달았다. 비좁은 통로를 지나 부대에 들어가는 순간
놈이 튀어 오르며 병근의 손을 콱 물었다.

캬오!

족제비가 병근의 손을 물고 늘어졌다. 병근이 깜짝 놀라
손을 뿌리쳤으나 독이 오른 족제비가 병근의 손을 물고 놓
지 않았다.

너무 놀란 나머지 우린 그 자리에서 얼어붙고 말았다. 순
식간에 일어난 일이었다. 아이들의 비명소리가 여기저기에
서 터졌다. 여자애들은 손으로 입을 가린 채 발만 동동 굴렀
다. 병근의 손에 족제비가 대롱대롱 매달려 있고 선홍빛 피
가 뚝뚝 떨어졌다.

순간 병근의 얼굴이 험하게 일그러졌다. 꽉 다문 어금니
의 턱뼈가 불끈 솟았다. 그가 나머지 한 손으로 족제비의 목
을 움켜쥐었다. 어찌나 세게 쥐었던지 그제야 족제비가 입

을 딱 벌리며 물었던 손을 놓았다.

그의 손이 피범벅이 되었다. 족제비가 그의 손아귀에서 사지를 버둥거렸다. 그의 눈빛이 살기로 번뜩였다. 섬뜩했다. 그가 있는 힘을 다해 쥐고 있던 족제비를 인쇄실 바닥에 패대기쳤다. 그러면서 곧바로 주머니 속 칼을 꺼내 족제비를 사정없이 찔렀다. 그가 으아아 짐승처럼 울부짖으며 족제비를 찌르고 또 찔렀다.

바닥에 널려진 종이에 여기 저기 피가 튀었다. 우린 모두 가슴을 조이며 바라볼 뿐 누구도 먼저 입을 열지 못했다.

학교 아저씨가 울부짖는 그의 등을 두드렸다.

"야, 이제 그만하고, 이걸로 손부터 묶어."

그가 수건을 병근이에게 던져 주었다. 그러나 병근이는 주저앉은 채 일어나지 않았다. 아저씨가 던져 준 노란 수건이 그의 어깨에 무표정하게 걸쳐 있었다.

그가 천천히 몸을 일으켰다. 수건을 가져다 손을 감쌌다. 아직 흥분이 가시지 않았는지 거칠게 숨을 몰아쉬었다. 머리는 헝클어졌고 얼굴과 목덜미에 땀이 번들거렸다.

그가 나를 힐끗 바라보았다. 그의 눈에 이슬이 맺혀 있었다. 족제비를 움켜쥘 때의 그 살의에 번뜩이던 눈빛이 아니었다. 무슨 일을 하고서도 공허감에서 헤어나지 못하는 사람처럼, 견디기 힘든 일을 말없이 견뎌야 하는 사람처럼, 그의 눈빛이 슬픔과 우울로 흐려져 있었다.

그가 묵묵히 아이들을 헤치고 운동장 쪽으로 걸어 나갔다. 선생님이 뒤에서 그를 불렀다. 빨리 교무실에 와 응급 치료를 하라고 했다. 그러나 그는 웬일인지 선생님 말에 들은 대꾸도 하지 않고 걸어 나갔다.

넓은 운동장을 혼자 걷고 있는 그의 어깨가 한없이 쓸쓸해 보였다. 그 모습에 나도 모르게 코끝이 시큰했다. 그가 손등으로 눈물을 훔치는 모습이 보였다. 그는 울고 있었다. 그의 뒷모습이 교문을 막 빠져나가려는 순간 내가 그를 부르며 달려갔다. 어쩐지 병근이를 혼자 내버려 두어서는 안 된다는 생각에서였다.

눈이 왔다.
정강이까지 푹푹 빠지는 폭설이었다.
천지가 하얀 순백의 어둠에 잠겨 있었다.

이른 새벽 외할머니가 아궁이에 황금빛 불꽃을 피워 올리고 있었다.

"서울 가면 무슨 일 있어도 밥 굶지 말어. 당숙모를 엄마로 생각허구 배고프면 언제든지 밥 달래서 먹구."

엄마가 짐을 싸며 손등으로 눈자위를 찍었다.

서서히 날이 밝았다.

미명의 새벽빛이 문창호에 서려 방안이 흐릿하게 밝아 왔다.

서울 가는 첫차를 타려면 이제 곧 집을 나서야 했다.

마지막으로 짐을 챙긴 아버지가 눈길에 미끄러지지 않도록 발에 감발을 쳤다.

"인제 가남?"

외할머니가 주름진 얼굴에 푸근한 웃음을 띠며 말했다. 이제 가느냐는 그 한 마디에, 나는 그만 왈칵 눈물이 쏟아질 것 같았다.

"애들 깨면 이것 좀 멕여유."

엄마가 밥상을 가리키며 할머니에게 말했다.

"잘 가그라."

외할머니의 목소리가 숭늉처럼 따뜻했다.

집을 나섰다.

쌓인 눈에 발이 푹푹 빠졌다.

마을이 새벽의 고요 속에 잠겨 있었다.

아버지가 등에 짐을 지고 엄마가 머리에 이었다.

앞서 가는 아버지 발자국을 엄마가 밟고, 엄마 발자국을 내가 밟았다.

마을을 빠져 나가자 길이 산으로 이어졌다. 마을 사람들이 외지로 나갈 때마다 넘는 산길이었다. 길이 험했다. 바람이 눈을 몰아붙여 무릎까지 푹푹 빠지기도 하였다. 나는 아버지와 엄마가 앞서 가며 내놓은 발자국을 골라 디뎠다.

고갯마루에 올라 잠시 숨을 돌렸다. 아버지 이마에 팥죽 같은 땀이 흘렀다. 숨을 몰아쉴 때마다 엄마 입에서 허연 김이 뭉싯뭉싯 피어올랐다.

동터 오는 햇살에 마을 집들이 하나둘 보이기 시작했다. 한눈에 보기에도 작은 마을이었다. 그곳의 산과 들, 눈에 파묻혀 보이지 않지만 그래도 손바닥의 손금처럼 훤히 들여다보이는 고샅 길, 그리고 친구들.

문득 서울이 아무리 재미있는 곳이라 해도 이곳에서 지낸 것보다 더 재미있을까 싶었다. 병근이와 경락이 남주, 이

친한 친구들과 산과 들을 내달리며 강아지처럼 뛰어 놀았던 시간들. 명교장과 샤모, 앉은뱅이 춘자 누나, 이런 것들의 모습이 하나하나 떠오르면서 나도 모르게 코끝이 시큰했다.

아버지가 길을 재촉했다.

멀리 찻길이 내려다보였다.

앞날에 대한 기대와 불안감을 안고 나는 다시 눈 쌓인 산길을 걸어 내려갔다.

〈끝, 제2부 『불량 아이들』로 이어집니다.〉

안평대, 안녕!

내가 이렇게 너를 이 책의 주인공으로 만나게 될 줄은 정말 몰랐다.

그래, 생각해 보니 세월이 참 많이 흘렀구나.

너는 이 책에서 초등학교에 다니고 있고, 나는 오십이 넘은 어른이 되었으니 말이다.

하지만 너는 늘 내 안에 깃들어 있었지. 누구나 자신의 어린 시절을 마음 속 깊이 간직하고 있는 것처럼.

그동안 나는 교사로 그리고 글을 쓰는 작가로 살아오면서 이런 생각을 많이 했단다.

사람을 집에 비유하자면, 어린 시절은 집터와 같고 청소년기는 그 집의 대들보와 같다고.

그러니까 한 사람의 인격이 형성되는데 중요한 시기는 유년기와 청소년기인데, 청소년기보다 더 중요한 것은 유년기, 곧 어린 시절이라는 것.

왜 그렇게 유년기가 중요할까?

사람에게는 가족과 친구 주변 사람들과의 따뜻한 관계 속에서 어려서 체험해야 할 인격적 요소가 있기 때문이야.

그 시기가 아니면 안 되는 것들, 이를테면 우정, 호기심, 자기만의 비밀한 공간, 놀이, 생명에 대한 외경, 이성에 눈뜸, 말로 표현할 수 없는 마법 같은 이야기에 빠져드는 일, 새로운 세계에 대한 그리움, 이런 것들이 그것인데, 이러한 삶의 요소를 대자연의 품에서 체험해 보는 것.

나는 이 책을 통해 그런 이야기를 하고 싶었단다.

하지만 요즘 아이들은 어때? 앞에서 말한 것과 많이 다르지?

아이들 대부분은 자연보다는 인공물, 다시 말해 텔레비전이나 컴퓨터 게임에 빠져 살잖아? 그러다 보니 자기 스스로 무슨 일을 체험해 볼 기회를 갖지 못하고.

내가 이 책에서 말하려 하는 것도 이런 삶의 요소를 유년기에 경험하면서 자란 사람이 나중에 커서도 온전한 인격을 갖춘 사람이 될 수 있다는 것이었어. 자연으로부터 멀어진 아이들에게 자연이 주는 위대한 힘을 느끼게 해 주고 싶었던 거지.

사람 손에 만들어진 인공물은 자연이 주는 영원한 의미를 우리에게 주지 못해. 우리는 자연을 통해 하나하나의 생명을 배워 가고, 생명은 홀로 존재하는 것이 아니라 다른 무수한 생명과 연결되어 있음을 알게 돼. 그런 가운데 우리는 약한 것, 생명이 있는 것, 더 나아가 생명이 없는 것까지도 보호하고 사랑하는 마음을 갖게 되지.

그런 의미에서 자연은 제3의 부모라고 할 수 있어. 인간과 사물로부터 받은 상처를 궁극적으로 받아안아 치유한다는 점에서, 생살이 돋아나오는 그 자리에서 온전한 인격을 갖춘 한 인간이 길러져 나온다는 점에서 말이야.

나는 이 책을 읽는 사람들이 나의 이런 생각을 이해하며 이 책을 읽었으면 좋겠다고 생각해. 맨 처음 「돼지 잡던 날」에서는 친구와의 우정을, 「비밀 아지트」에서는 자기만의 비밀 공간을, 「우리는 바다를 보러 갔다」에서는 미지의 세계에 대한 갈망과 호기심을……, 이런 식으로 말이야.

평대, 너도 알다시피 여기 나온 이야기들이 모두 실제로 있었던 일은 아니지.

그러나 네가 체험한 많은 내용이 담겨 있는 것은 사실이야.

나는 이 책을 쓰면서, 특히 네 친구 병근이와 그에 관한 이야기를 새롭게 꾸며 썼는데, 그것은 이 책의 전체적인 이야기를 엮어 가기 위해서였어.

주의 깊은 독자라면 아마도 이 책에 실린 이야기 하나하나의 결말이 주인공이 소원하던 일의 실패, 혹은 미완성으로 끝난다는 것을 눈치 챌 거야.

실패 혹은 미완성, 그것은 무엇일까?

아쉬움의 다른 표현이 아닐까?

어린 시절을 돌아보았을 때 그 세계를 꽉 채운 듯한 어떤 충만감과 즐거움, 그리고 세계와 내가 분리되지 않았다는 일체감, 이런 느낌 속에 뒤섞여 있는 아쉬움. 그 아련하기만 한 아쉬움 때문이 아닐까?

네가 살았던 그 때, 그 동네, 그 마을 사람들 생각이 많이 난다.

하늘과 산과 들의 젖꼭지를 물고 오물오물 살아가던 사람들.

맨드라미, 과꽃, 나팔꽃이 피어 있던 햇살 고운 교정에 울려 퍼지던 풍금소리도.

그때 너는 「고향의 봄」, 「반달」 같은 동요를 참 많이 불렀지.

목소리를 하나로 곱게 모아 푸른 하늘에 날려 보내던 음악시간을 너는 참 좋아했었지.

한 점 깎을 수 없는 순수하고 고귀한 시간,

얼른 커서 어른이 되고 싶어 했던 나날들.

그러나 우리는 그 충만하면서도 무엇인가 부족한 듯한, 그래서 아쉬운, 눈물 기 묻어 있는 그 어린 시절을 뒤에 두고 떠나와야 했으니.

안녕.

이 소설의 주인공인 안평대, 안녕.

이제 우리는 네가 서울로 전학 간 후의 이야기를 담은 2부 『불량 아이들』에서 다시 만나게 되겠지.

그래, 그때까지,

안녕.

2012. 6.

조재도

싸움닭 샤모

2012년 6월 25일 제1판 제1쇄 발행
2013년 12월 9일 제1판 제3쇄 발행

지은이	조재도
그린이	김호민
펴낸이	강봉구

마케팅	윤태성
책임편집	김윤철
디자인	구화정 page9
인쇄제본	(주)아이엠피

펴낸곳	작은숲출판사
등록번호	제406 - 2013 - 000081호
주소	413 - 120 경기도 파주시 문발로 119(문발동) 306호
전화	070 - 4067 - 8560
팩스	0505 - 499 - 8560
홈페이지	http://cafe.daum.net/littlef2010
페이스북	http://www.facebook.com/littlef2010
이메일	littlef2010@daum.net

ⓒ조재도, 김호민

ISBN 978-89-97581-03-0   43810
값 12,000원